Wie der Mond verschwand

In einer wunderschönen Mondnacht ertönte plötzlich ein ohrenbetäubendes Krachen, und der Mond war nicht mehr da! Wie das passieren konnte, ist unbegreiflich. Laut Augenzeugenberichten erschien am Himmel ein gigantischer Golfschläger und schlug den Mond wie einen Ball in den unendlichen Kosmos hinaus. Seitdem gibt es keine Romantik mehr, und die Menschen leben in ständiger Angst, es könne ihre Erde ein ähnliches Schicksal treffen.

Als »witzig, gescheit und tief« bezeichnete Luise Rinser die Kurzgeschichten von Mahesh Motiramani. Der Autor wurde 1954 in Bombay geboren und lebt seit Anfang der 60er Jahre in Deutschland. Während des Studiums der Slavistik (1975–82) fand er in Nikolai Gogol und Daniil Charms seine literarischen Vorbilder. Seit 1990 ist er Mitarbeiter des Goethe-Instituts München.

Mahesh Motiramani

Seelenflucht

Kurzprosa

Der Allitera Verlag ist ein Books on Demand-Verlag der Buch & medi@ GmbH, München. Dieser Verlag publiziert ausschließlich Books on Demand in Zusammenarbeit mit der Books on Demand GmbH, Norderstedt, und dem Hamburger Buchgrossisten Libri. Die Bücher werden elektronisch gespeichert und auf Bestellung gedruckt, deshalb sind sie nie vergriffen. Allitera-Bücher sind über den klassischen Buchhandel und Internet-Buchhandlungen zu beziehen.

Weitere Informationen über den Verlag und sein Programm unter:
www.allitera.de

Bibliographische Information der Deutschen Bibliothek

Die Deutsche Bibliothek verzeichnet diese Publikation in der Deutschen Nationalbibliographie; detaillierte bibliographische Daten sind im Internet über <http://dnb.ddb.de> abrufbar.

Juni 2003
Allitera Verlag
Ein Books on Demand-Verlag der Buch & medi@ GmbH, München
© 2003 Mahesh Motiramani
Umschlaggestaltung: Kay Fretwurst, Spreeau
Herstellung: Books on Demand GmbH, Norderstedt
Printed in Germany · ISBN 3-86520-007-9

Inhalt

Seelenflucht · 7
Vermeintlicher Triumph · 9
Der Stießel · 11
Der Kuss · 14
Die Hungersuppe · 15
Am Meer · 18
Ariel · 20
Der Bär und ich · 23
Der Zeh des Buddhas · 25
Vladimir, Herrscher der Welt · 27
Allerlei Figuren · 30
Wie der Mond verschwand · 31
Rauch · 32
Umfrage · 33
Die verlorenen Eltern · 34
Der große Regen · 37
Porträt 1 · 38
Porträt 2 · 39
Porträt 3 · 40
Der Radfahrer auf Mallorca · 42
Gerüchteküche · 44
Ein schrecklicher Gedanke · 47
Professor Lochwitz · 54
Der Glücksbringer · 58
Mimosen · 66
Hochzeitsnacht · 68
Fahrt in die Stadt · 70
Offenbarung · 72
Das letzte Spiel · 75
Hurra, der Krebs ist da! · 79
Der Einbrecher · 87
Traum eines Touristen · 92
Vom Blitz getroffen · 96
So ein Krampf · 99
Begleitung · 103

gewidmet
dem Andenken von
Daniil Charms
(1905–1942)

Seelenflucht

Neulich war es wieder so weit. Ich musste meine Seele ölen, weil sie fürchterlich knirschte und ächzte. Ich legte die Militärsinfonie von Haydn auf, schob mir im Bad einen Finger in den Hals und spuckte mir die Seele aus dem Leib, direkt ins Waschbecken. Da lag sie, sie hatte das Aussehen einer farblosen Qualle. Ich war gerade dabei, sie mit Olivenöl zu begießen, da läutete das Telefon. Seufzend stellte ich die Flasche ab und eilte ins Wohnzimmer. Es war Werner, ein guter Freund, mit dem ich manchmal Volleyball oder Schach spielte. Er fragte, ob ich morgen Zeit hätte, mit ihm im Westpark zu spielen, es würden auch ein paar Bekannte kommen. Ich sagte zu und erinnerte ihn daran, ein Netz mitzubringen. Er schwieg und fragte dann, was mit mir los sei, meine Stimme klinge so grässlich. Freimütig gestand ich ihm, ich sei gerade seelenlos. Da legte er auf.

Zurück ins Bad. O je, keine Seele mehr im Waschbecken. Sie war im Abfluss verschwunden. Ich Trottel hatte vergessen, den Stöpsel hineinzustecken. Was sollte ich jetzt tun? Ich fluchte, rief meine Seele, aber sie ließ sich nicht blicken.

So musste ich vorerst ohne Seele weiterleben. Ich hatte nicht geahnt, wie schrecklich das ist. Es war eine schwere Zeit. Meine Arbeitskollegen sagten, ich sähe nicht gut aus, ob jemand in meiner Familie gestorben sei. Nichts machte mir Freude. Ohne Seele ist die Welt schwarzweiß, und sehr oft schien sie mir nach Erbrochenem zu stinken. Dieser scheußliche Geruch trat schon einen Tag nach der Seelenflucht auf. Ich fragte meine Kollegen, ob sie nicht auch diesen Gestank wahrnehmen würden. Aber sie hoben nur verwundert die Augenbrauen.

Jeden Abend rief ich im Bad nach meiner Seele, nannte sie zärtlich Seelchen, doch vergebens. Erst zehn Tage später, als ich die Hoffnung schon fast aufgegeben und mindestens fünf Kilo abgenommen hatte, lugte sie zur Schlafenszeit aus dem Abfluss hervor. Ich putzte mir gerade die Zähne und spuckte weißen Schaum ins Becken, genau auf sie drauf. »Seelchen!« Ich warf die Zahnbürste beiseite und griff beherzt zu. An den Fingerspitzen zog ich meine Seele heraus. Sie zappelte an der Hand wie ein Neugeborenes. Und schmutzig war sie von ihren Eskapaden. Ich konnte mir ein Bild davon machen, wie es in den Abflussrohren und in der Kanalisation aussah.

»Was fällt dir ein, einfach abzuhauen? Wo warst du?« fragte ich sie, nachdem ich sie unter warmes Wasser gehalten hatte.

»Bei den Pyramiden in Ägypten.«

»In Ägypten? So weit?«

»Na klar, du wärst ja nie hingefahren.«

»Stimmt, die Pyramiden ... sind mir zu spitz«, sagte ich. Die Pyramiden waren mir völlig egal.

»Das ist eben der Unterschied zwischen dir und mir«, sagte meine Seele.

»Red' kein Blech!« Ich riss den Mund weit auf, um sie im Rachen verschwinden zu lassen. Dann kippte ich noch ein paar Löffel Olivenöl hinterher. So schnell würde ich meine Seele nicht mehr an die frische Luft lassen.

Die Welt verlor ihren üblen Geruch und bekam wieder Farbe. Ich versuchte weiterzuleben wie bisher. Aber es gelang mir nicht. Alle paar Tage knirschte die Seele. Mir schien, dass sie in Ägypten auf ganz neue Ideen gekommen war. Eines Tages gab ich mir einen Ruck, suchte das nächstbeste Reisebüro auf und buchte einen Flug ins Land der Pyramiden. Seitdem knirscht die Seele nicht mehr, und ich habe wieder meine Ruhe.

Vermeintlicher Triumph

Luis war ein Träumer. Er liebte es, Flugzeugen, Schiffen und Zügen nachzuschauen. In der Schule starrte er oft gedankenverloren aus dem Fenster, bis er die Stimme seiner Lehrerin hörte: »Luis! Träumst du schon wieder?« – Die Schule hatte er schon viele Jahre hinter sich, ein Träumer jedoch war er heute noch.

Eines Tages, als er am offenen Fenster seiner Wohnung stand und sehnsuchtsvoll ein Flugzeug verfolgte, das eine elegante Kurve flog, beugte er sich zu weit vor und fiel hinaus. Vom zwölften Stock fällt man lange, bis man unten ist; normalerweise schreit jeder aus Leibeskräften. Aber seltsam, während des Fallens spürte Luis keine Panik, keinen Schrecken. Seelenruhig breitete er seine Arme aus und gab seinem Körper die Anweisung, in die Lüfte zu steigen. Es wunderte ihn nicht, dass er, statt auf den Steinplatten des Gehweges aufzuschlagen, zu fliegen begann. Die Arme ausgebreitet, flog er Kreise über den Dächern Münchens, flog unter Brücken und Bäumen hindurch, zur Stadt hinaus über Felder und Wälder, flach über den Starnberger See hinweg, kehrte in großem Bogen zurück zum Ausgangspunkt und sauste durch die Häuserschluchten der ihm bekannten Straßen. Er jagte Tauben und Krähen. Er fühlte sich so wunderbar wie nie zuvor. Zuletzt kreiste er über dem Marienplatz, es war ein Triumph. Wie lange hatte er auf diesen Moment gewartet. Dass er fliegen konnte, davon war er insgeheim schon immer überzeugt gewesen. Jetzt wollte er demonstrieren, was in ihm steckte. Er flog um den Rathausturm, schlug Saltos und vollführte Tiefflüge über den Köpfen der Menge. Die Leute sahen zu ihm auf und johlten, immer wieder klatschten sie. Mitten unter ihnen war Anna, seine erste große Liebe, sie kam gerade aus dem Kaufhof.

»Anna!«, rief er laut. Sie blickte verwundert auf, erkannte ihn und winkte ihm zu. Er stieg in die Höhe und machte ihr zu Ehren einen Looping. Und dann erblickte er seine Klassenlehrerin, Frau Branitzka, die zum Kaufhaus Beck eilte. Wie viele Jahre hatte ihn diese Frau gequält, wie oft hatte sie seine Aufsätze mit einer Fünf benotet. Einmal hatte sie seinen Deutschaufsatz in der Klasse vorgelesen als Beispiel dafür, wie man es nicht machen darf. Die Mitschüler kugelten sich. Und zum Schluss sagte die Lehrerin: »Wenn ich deine Aufsätze lese, Luis, dann habe ich das Gefühl, grüne Seife gegessen zu haben, so schlecht wird mir. Aus dir wird nie etwas.«

›Ha, jetzt darf sie ruhig staunen, wozu ich fähig bin‹, dachte Luis und drehte selbstzufrieden eine Pirouette über ihrem Kopf. ›Was würde sie jetzt sagen?‹ Lachend schaute er zu ihr hinab.

Frau Branitzka jedoch erbleichte, als sie ihn erkannte, riss den Mund auf und rief: »Luis! Was machst du da oben? Du kannst doch gar nicht fliegen! Kommst du wohl da runter!«

Luis hörte ihre Worte und wunderte sich: ›Wieso meint sie, ich kann nicht fliegen? Sie sieht doch, dass ich es tue. Wenn ich nicht fliegen könnte, dann …‹ Kaum hatte er diesen Gedanken zu Ende gedacht, da merkte er, dass er fiel. Er ruderte mit den Armen, aber so sehr er sich bemühte, in der Luft zu bleiben, es funktionierte nicht. Am Ende gab er auf. Mit einem Schrei landete er kopfüber im Fischbrunnen.

Sogleich war Frau Branitzka zur Stelle. »Kommst du wohl da raus, Luis. Nur Dummheiten im Kopf. Wie damals in der Schule.«

Frierend und triefend vor Nässe stieg Luis aus dem Brunnen und platschte schwerfällig davon, während ihm die Lehrerin mit sorgenvoller Miene nachblickte.

Der Stießel

Ich bin ein Stießel, wie er im Buche steht. Es vergeht kein Tag, an dem ich nicht gestoßen und geschlagen werde. Leute kommen von weit her, um mich zu prügeln, sie hauen mir ins Gesicht, treten mir in den Hintern, rammen mir den Ellbogen in die Seite und ziehen befriedigt ab, natürlich nicht ohne ihren Obolus entrichtet zu haben. Ich lebe davon, Schläge einzustecken. Als Erster erkannte mein Vater dieses Talent. »Du bist ein echter Stießel«, pflegte er zu sagen. »Du wirst Karriere machen.« So kam es denn auch, ich wurde ein erfolgreicher Stießel. Ich bin kräftig und zäh, kann viel einstecken. Die Schläge tun mir nichts, aber um den Leuten Genugtuung und Zufriedenheit zu verschaffen, schreie ich, verziehe das Gesicht, täusche Schmerz vor. Manch ein Direktor, der frustriert und mürrisch zu mir kommt, ist voller Heiterkeit und Sanftmut, wenn er mich mit drei, vier Schlägen niedergestreckt hat. Neulich kam eine Frau, die unter ihrem Mann zu leiden hatte. Sie bohrte mir ihre Nägel ins Fleisch, trat mir mehrmals ins Hinterteil, und bei jedem Tritt schrie sie vor Erleichterung, während ich meine übliche Show abzog und mich vor Schmerzen krümmte. Meine Stammkundschaft habe ich mir im Laufe von mehreren Jahren aufgebaut, ich lebe nicht schlecht davon.

Nur wenige Menschen können diesen Beruf ausüben. Sie müssen selbstquälerisch veranlagt sein und mit ihrem Aussehen zur Gewaltanwendung verleiten. Ich sehe dermaßen stießelig aus, dass die Leute bei meinem Anblick ganz wild werden. Das war schon in der Schule so. Über niemanden wurde so gelästert oder gelacht wie über mich. Kein Lehrer, der mir nicht verbal eins auswischte. Frau Hildebrand, unsere Mathelehrerin, liebte es, mir mit dem Lineal auf den Handrücken zu schlagen, wenn ich mich bei den Hausaufgaben verrechnet hatte. »Du Stießel, Stießel, Stießel«, rief sie im Takt und verpasste mir genau drei Hiebe.

Als Jugendlicher erlebte ich es nicht selten, dass mir auf der Straße fremde Leute im Vorbeigehen ihren Ellbogen in die Seite drückten. Die wenigen Freunde, die ich hatte, wunderten sich nicht. »Bist halt 'n Stießel«, sagten sie und verpassten mir obendrein eine Kopfnuss. Hast es nicht anders verdient.

Mit den meisten Kunden komme ich gut klar. Sie sind leicht zufrieden zu stellen. Ich sehe es den Leuten an, ob sie für mich eine Gefahr darstellen oder nicht. Ungern bediene ich unbefriedigte, verlassene oder kinderlose Frauen; vor allem jene, die an der Schwelle zum Alter stehen und die das Gefühl beschleicht, etwas verpasst zu haben, halte ich mir vom Leibe. Die sind brutal. Die schrecken nicht davor zurück, mir in die Weichteile zu treten. Männer, die leicht in einen Rausch geraten und mich dann töten würden, sind leicht abzuschrecken. Ich drücke auf einen Knopf und eine schrille Alarmsirene ertönt.

Ich hatte nie die Neigung zurückzuschlagen, habe mich nie gewehrt. Nur gewundert. Als ich noch klein war, sagte mein Vater: »Wenn du klug bist, entwickelst du deine Nehmerqualitäten und verdienst dir damit deinen Unterhalt. Du kannst dir nicht vorstellen, wie viel Hass und Missgunst die Menschen in sich tragen. Nutz diese Energie, verwandle sie in Gold.« Mein Vater war ein kluger Mann. Ich habe seinen Rat befolgt. Niemand weiß, dass ich zu Reichtum gekommen bin, alle halten mich für ein armes Schwein.

Ein groß gewachsener Manager im Nadelstreifenanzug, der mich niedergeprügelt und danach ein Triumphgeschrei angestimmt hatte, begann ein wenig später zu schluchzen, streckte mir die Hand entgegen. Mit blutender Nase und blauem Auge drückte ich seine Hand, innerlich gelangweilt. Da reichte er mir einen großen Geldschein und verschwand mit heiterem Gang. Auch solche Dinge erlebe ich. Mit doppeltem Honorar stand ich da und dachte: ›Wenn der wüsste!‹

Tja, ich bin ein Stießel. Für die Leute ein Stück Dreck. Aber es muss auch solche wie mich geben. Gäbe es mehr Leute wie mich, die Welt wäre friedlicher. Jungen Männern, die kräftig und robust sind, rate ich Stießel zu werden. Sie verdienen dabei nicht schlecht, wenn sie sich geschickt anstellen.

Ganz bewusst habe ich keine Familie gegründet. Welche Frau will denn schon mit einem Stießel verheiratet sein, welche Kinder wollen einen Stießel zum Vater haben. Aber jetzt, an der Schwelle zum Fünfzigsten, da ich so viel Geld habe, dass ich mich nicht mehr schlagen zu lassen brauche, denke ich daran, mich zur Ruhe zu setzen, meine Wunden zu lecken und mir eine Frau an die Seite zu holen. Vielleicht finde ich eine, die ich selbst einmal schlagen kann. Und sei's auch nur zur Abwechslung.

Der Kuss

Es war einmal ein alter Kuss. Der saß in seiner Stube im Sessel und wartete darauf, dass jemand käme, sich von ihm küssen zu lassen. Früher kamen viele zum Kuss: Kinder, Frauen, Männer, die wenig geliebt und oft von ihren Mitmenschen geschlagen wurden. Alle küsste der Kuss zärtlich und mit Hingabe, er gab ihnen etwas Liebe mit auf den Weg, damit sie, von seinen Lippen erwärmt, noch ein Stückchen leben konnten.

Wen hatte er nicht alles geküsst! Handwerker, Marktweiber, Rentner, Obdachlose, verwahrloste Kinder, aber auch Leute aus höheren Kreisen – Beamte, Lehrer, Direktoren; auf dem Höhepunkt seiner Karriere kamen sogar Filmstars, Politiker und Sängerinnen zu ihm. Alle machte er glücklich, alle kannten ihn.

Aber nun war der Kuss selbst alt geworden. Seine Lippen waren nicht mehr so frisch und duftig wie in früheren Zeiten, sie waren zu weich und zu nass. So kamen immer weniger Kussbedürftige zu ihm, an manchen Tagen nicht einmal einer. Sogar die alten Jungfern, die ihn sonst zu jeder Jahreszeit häufig besucht hatten, blieben aus.

Der alte Kuss fühlte sich einsam. Auf seinen Spaziergängen im Garten dachte er oft an frühere Tage, da sein Leben noch rege war und er viel in der Welt herumkam. Das waren Zeiten! Vorbei, vorbei. Und er dachte auch an den einzigen Menschen, der sich gegen seine Küsse verwahrt hatte: die Mutter. Nur weil er sie als Kind nicht küssen durfte, hatte er sich geschworen, das Küssen zu seinem Lebensinhalt zu machen.

Er konnte jetzt auf ein reiches und sehr zärtliches Leben zurückblicken. Aber dass er im Alter ein einsames Dasein fristen würde, hatte er nicht vorausgesehen.

›Undank ist der Welt Lohn‹, dachte der Kuss wie so oft auch heute und ging in seine Stube zurück. Vielleicht würde der Hund von nebenan kommen. Der war in letzter Zeit der Einzige, der sich von ihm küssen ließ. Wenigstens einer.

Die Hungersuppe

Josef hat Hunger und sucht in der Küche nach Essbarem. Dort findet er nur kalte Speisen. Er schaut in die Vorratskammer. Plötzlich hält er eine Schachtel in der Hand. Darauf steht in schwarzen Lettern: ›Steinbrock-Hungersuppe‹. Er hat keine Ahnung, was das ist, aber Suppe ist Suppe. Er überfliegt die Anweisung, setzt einen Topf mit Wasser auf den Herd und schüttet den Inhalt der Schachtel hinein. Danach rührt er eine helle, milchige Flüssigkeit, bis sie zu schäumen beginnt.

Die Suppe schmeckt eigenartig, aber da er Hunger hat, isst er sie. Nach dem ersten Teller isst Josef den zweiten, der Hunger ist noch nicht gestillt, im Gegenteil, er scheint zu wachsen. So isst er weiter und weiter. Noch eine Merkwürdigkeit, die er sich nicht zu erklären weiß: Er isst und isst, aber der Suppentopf leert sich nur langsam. Nach einer Stunde stellt Josef fest, dass er kein Dach mehr über dem Kopf hat. Unglaublich. Er isst weiter, kann nicht aufhören, bohrende Magenschmerzen treiben ihn an. Bald ist die eine Wand weg, dann die nächste. Ihm wird klar, dass er sein Haus aufisst, aber gegen den Hunger ist er machtlos. Als die Sonne untergeht, ist sein Haus samt Einrichtung verschwunden, oder besser gesagt, verspeist. Josef hockt auf nacktem Boden, die leere Schachtel der Suppe neben sich. Seine Frau Klara kommt nach Hause, obwohl keins mehr da ist, und fängt an zu schreien.»Was hast du getan, du Nichtsnutz! Wo ist unser Haus?«

»Ich habe die Suppe gegessen.«

»Doch nicht etwa die Steinbrock-Hungersuppe?«

»Genau die. Fünf Stunden habe ich gegessen.«

»Bist du verrückt? Die habe ich von einer Heilpraktikerin bekommen, weil ich gefragt hatte, was eigentlich der Sinn des Lebens sei. Da hat sie nur gelacht und mir die Suppe gegeben. Wenn Sie die gegessen haben, dann wissen Sie es, hat sie gesagt.«

»Eine Frechheit. Ich werde die Frau verklagen«, sagt Josef.

»Ohne Dach über dem Kopf? Sollen wir jetzt im Freien schlafen? Im September geht das ja noch, aber im Winter?«

»Verflucht. Ich bringe diese Heilpraktikerin um.« Wütend hebt Josef die Schachtel der Steinbrock-Hungersuppe auf und schaut hinein. Da sieht er eine kleine Tüte, die so aussieht wie die mit den Kopfschmerztabletten aus der Apotheke. »Was ist das?«, fragt er und liest die Aufschrift: ›Auferstehungstablette. Nachtisch-Ersatz. In Wasser auflösen und einnehmen.‹
Josef geht zum Nachbarn, bittet um ein Glas Wasser. Als er es bekommt, wirft er die Tablette hinein. Dann trinkt er, während Klara dasitzt und sich die Haare rauft. »Warum habe ich solch einen Deppen geheiratet?«, ruft sie laut.
Kaum hat Josef die ersten Schlucke genommen, beginnt es im Unterleib zu rumoren. Er nimmt noch weitere Schlucke und wartet ab. Jetzt hat er Bauchkrämpfe. Doch wohin? Selbst die Toilette hat er mit der Suppe aufgegessen. Es bleibt ihm nichts anderes übrig, als sich in die Büsche ihres Gartens zu schlagen. Es ist dunkel geworden.
»Wo läufst du hin?«, fragt Klara. »Wir müssen jetzt was machen.«
Josef antwortet nicht, verschwindet hinter einem Ginsterstrauch, lässt die Hosen runter und macht sein Geschäft. Es knallt regelrecht, als die ersten Brocken fallen. Es kommt ihm so dicke, dass er sich bald den nächsten Busch suchen muss, um nicht im eigenen Dreck zu versinken. Er kann nicht aufhören, immer wieder wird er von Krämpfen geschüttelt. ›Nie wieder Steinbrock-Hungersuppe. Klara ist eine Kanaille. Wie kann man eine Heilpraktikerin nach dem Sinn des Lebens fragen‹, denkt er, ›auf dumme Fragen kriegt man eben dumme Antworten.‹
Klara ruft ganz laut: »Josef, komm mal her. Schau nur, was hier passiert.«
Er kann nicht aufstehen. Den ganzen Garten hat er voll geschissen, er findet kaum noch einen sauberen Platz. Auf einmal hört er, wie jemand eine Tür zuschlägt. Gegen Mitternacht kommt nichts mehr, Josef fühlt sich wie von seinen Eingeweiden befreit. Als er aus den Büschen heraustritt, sieht er, dass ihr Haus wieder da ist. Es kommt Licht aus den Fenstern. Verwundert steigt Josef die beleuchtete Vortreppe zum Eingang hinauf. Das Haus sieht anders aus, hat sogar eine Veranda. Er klingelt. Klara öffnet ihm die Tür,

sie umarmt ihn und lacht. »Wir haben ein Zimmer mehr!«, ruft sie. »Und die Fenster sind größer, es kommt mehr Licht herein. Das hast du gut gemacht. Du hast uns ein tolles Haus hingesch... ich meine, hingetan.«

Sie legen sich sogleich schlafen. Nach dem Gutenachtkuss fragt er sie, was das alles zu bedeuten habe. Worin liege nun der Sinn des Lebens?

»Keine Ahnung«, sagt sie. »Sollte das Haus ein Symbol für Leben sein? Vielleicht wollte uns die Heilpraktikerin nur auf den Arm nehmen. Ich gehe am besten zu einer anderen. Zu einer, die ihre Arbeit ernst nimmt.«

»Hm, frag sie doch nach einer weiteren Steinbrock-Hungersuppe«, meint Josef. »Könnte sein, dass wir beim nächsten Schiss wieder ein Zimmer mehr haben.«

»Nein, das lassen wir lieber sein. Ich werde mich bei ihr nur noch bedanken.«

»Hast Recht«, murmelt Josef, »so eine Schwachsinns-Heilpraktikerin. Mann, bin ich kaputt.« Er dreht sich um und fällt in einen tiefen Schlaf.

Am Meer

Wie immer um diese Zeit saßen wir, meine Frau, unsere drei Kinder und ich, auf einem Felsen und starrten aufs Meer, in das die rote Sonne herabsank. Stumm und reglos verfolgten wir ihren Untergang und genossen den Anblick der Farbenpracht. Der Himmel und vereinzelte Wolken am Horizont waren in zarte rote und gelbe Farben getaucht, die einen gefälligen Gegensatz zum dunkelblauen Meer bildeten. Es war beruhigend, auf das weite Meer zu schauen und seinem ewigen Lied zu lauschen. Wir liebten diese Abendstunde.

»He, seht mal, da kommt ein Schiff«, rief unser Jüngster plötzlich und wies mit ausgestrecktem Arm nach links. Wir wandten unsere Köpfe dorthin und erblickten tatsächlich einen schwarzen Punkt, der stetig wuchs. Unsere beiden Jungen erhoben sich und starrten dem Schiff neugierig entgegen. Die Sonne hatten sie vergessen. Sie liebten es, Schiffen und Flugzeugen nachzublicken; in solchen Momenten waren ihre Augen voller Sehnsucht. Je größer der Punkt wurde, desto mehr wunderte ich mich über seine Form. Über einem breiten kastenförmigen Rumpf erhob sich ein mächtiger runder Aufbau, wie ich ihn noch nie auf einem Schiff gesehen hatte. Ja, es schien mir gar kein Schiff zu sein. Ich wurde unruhig.

»Das sieht aber komisch aus«, sagte unser Ältester, dem die merkwürdige Form ebenfalls aufgefallen war.

»Er hat Recht. Was ist denn das?«, fragte nun meine Frau.

Ich schwieg. Dieses heranschwimmende Ungetüm schien mir ein großes Bauwerk zu sein, denn der Aufbau über dem Rumpf erinnerte an die Kuppel eines Doms.

»Das ist ja ein großes Haus!«, rief unser Jüngster.

Als dieses vermeintliche Haus nahe genug war, erkannte ich es: Es war der Petersdom! »Nein, Kinder, das ist kein Haus, das ist der Petersdom«, sagte ich. Meine Stimme war auf einmal heiser. Ich fügte hinzu: »Er steht eigentlich in Rom.« Wir erstarrten alle und verfolgten gebannt, ja sogar ehrfürchtig, wie der gigantische Bau, keine fünfhundert Meter von uns entfernt, die Sonne am Horizont verdeckte. Im Schatten des Doms wurde es dunkel.

Unsere kleine Tochter drückte sich ängstlich an mich, während der Jüngste nach der Hand seiner Mutter griff. Es war gespenstisch und überwältigend zugleich, den Dom lautlos auf dem Meer vorüberschwimmen zu sehen. Eindeutig, das war er. Ich erkannte sofort die beiden Uhren an den oberen Eckpunkten der mächtigen Fassade und den schmalen Dreiecksgiebel über dem Portal. Dahinter erhob sich die gewaltige Kuppel, die auf kleinen Doppelsäulen ruhte. Und gleichsam als Krone ragte majestätisch die Laterne in den Himmel mit dem Kreuz auf ihrer Spitze.

Die Sonne war schon halb versunken, als der Petersdom uns aus seinem Schatten entließ. Wie angenehm war es doch, wieder in die Weite, wieder in die Sonne blicken zu dürfen und ihren Untergang mitzuerleben. Indessen schwamm der Dom davon, Gott weiß wohin. Bald war er nur noch ein kleiner Punkt am Horizont. Als auch dieser verschwunden war, machten wir uns auf den Heimweg. Es war kalt geworden.

Ariel

Heute früh musste ich lange warten, bis Ariel kam. Er hatte sich verspätet. Mit gehetztem Blick erschien er im Schlafzimmer, wo ich noch im Bett lag, packte mich wie immer mit zwei Fingern an der Nase und zog mich ins Bad. Ich habe mich so sehr an Ariel gewöhnt, dass ich ohne ihn nicht aufstehe. Selbst wenn meine Frau mir Vorwürfe macht. »Du alter Oblomov«, ruft sie dann. »Ich mag es nicht, wenn du faul herumliegst. Steh auf!« Ariel ist zuverlässig. Tagtäglich hilft er mir, indem er mich an der Nase dorthin zieht, wohin ich gehen muss. Jeden Morgen wartet er im Flur, bis ich mein Frühstück beendet habe. Kaum habe ich mir den Mantel angezogen, greift er zu, und los geht es. An der Nase gezogen erreiche ich meinen Arbeitsplatz. Dort verschwindet Ariel mit einer leichten Verbeugung. Zum Glück brauche ich nicht pünktlich in meinem Büro zu erscheinen. Ich leite eine kleine Sprachenschule in der Innenstadt. Da ich eine tüchtige Sekretärin habe, läuft der Laden auch dann, wenn ich mich einmal verspäte.

Als ich klein war, zog mich Ariel jeden Morgen zur Schule; nach dem Unterricht wartete er vor dem Klassenraum auf mich. Einmal verspätete er sich, ich erinnere mich noch genau. Draußen regnete es und Frau Schwenck, meine Klassenlehrerin, sah mich im Gang stehen; sie stellte ihre schweinslederne Tasche aufs Fensterbrett und fragte, warum ich nicht nach Hause gehen wolle.

»Ich warte auf einen Freund, er muss gleich kommen«, sagte ich. In diesem Moment erschien Ariel.

Frau Schwenck zupfte ihr blaues Halstuch zurecht. »Warte nicht zu lange«, sagte sie nur, nahm ihre Tasche und ging weiter. Sie konnte nicht wahrnehmen, wie ich, an der Nase gezogen, zum Ausgang stolperte.

Außer mir ist niemand in der Lage, Ariel zu sehen. Ich fragte ihn einmal, ob jeder Mensch einen unsichtbaren Helfer habe. Ariel ließ sich viel Zeit mit der Antwort – überhaupt redet er nur ungern –; schließlich sagte er, nicht jeder habe einen Helfer, denn nicht jeder brauche einen. Nur jene, die keinen Antrieb hätten, bekämen einen Geist zugeteilt.

Das stimmt wohl. Ariel erschien in meinem Leben, nachdem ich im Alter von zehn die Windpocken gehabt hatte. Als Kind war ich immer schwach und kränklich gewesen. Ich hatte nie Appetit und aß nur wenig. Unser Hausarzt Dr. Windbruch kam regelmäßig zu uns. Richtig hart trafen mich Scharlach und ein halbes Jahr später die Windpocken. Mehrere Wochen lag ich im Bett, ich sah fürchterlich aus mit diesen widerlichen Pusteln am ganzen Leib. Sie juckten so entsetzlich, dass ich mich ständig kratzen musste. Die Eltern banden mir am Ende die Hände zusammen, damit meine Haut, die bereits mehrere offene Wunden hatte, geschont wurde. Ich wurde zwar gesund, aber es schienen mich alle Kräfte verlassen zu haben. Ich verspürte keinen Antrieb mehr aufzustehen, am liebsten wäre ich immerzu im Bett geblieben, das Leben schien mir zu mühsam. Dennoch schleppte ich mich zur Schule. Die Eltern hatten zunächst Verständnis für mich, dann aber, als mein Befinden nicht besser wurde, schimpften sie mit mir. Als Anreiz kauften sie mir sogar ein Fahrrad. Aber auch das verlockte mich nicht zum Aufstehen. Meine beiden älteren Schwestern schauten sich ratlos und ein wenig ängstlich an, wenn ich auf dem Sofa lag und zur Decke starrte. Diese Lustlosigkeit war ihnen fremd. Dr. Windbruch verordnete mir Lebertran und Klimawechsel. Die Eltern schickten mich im Sommer in ein Ferienheim an die Nordsee und hofften, das Reizklima dort würde mir neue Kräfte verleihen. Doch sie wurden enttäuscht. Ich blieb müde und schlapp, das Leben schmeckte mir nicht.

Und da erschien Ariel. Eines morgens stand er vor mir und packte mich mit zwei Fingern an der Nase. Ich flog förmlich aus dem Bett. Seitdem war es leichter. Zwar verspürte ich noch immer keinen Antrieb, aber ich hatte ja Ariel, der mir treu blieb bis heute. Die ganzen Jahre zog er mich zur Schule, zur Uni, zur Arbeit. Jeden Morgen war er zur Stelle. Ich brauchte ihm nie etwas zu sagen, er tat alles ganz von selbst. Nur wenn ich unwillig war, griff er mir auch mal ans Ohr und zerrte mich durch die Straßen. Das tat weh.

Zuweilen erscheint Ariel auch im Büro. Wenn ich unendliche

Müdigkeit verspüre und mich frage, was ich hier eigentlich verloren habe, oder wenn ich im stechenden Licht der langweiligen Nachmittagssonne über die Vergeblichkeit allen Strebens nachdenke, streckt er seinen Kopf aus der Wand heraus und sieht mir eindringlich in die Augen, und wenn das nicht genügt, steht er plötzlich hinter mir und verpasst mir Nackenschläge.

Meine Frau ist der einzige Mensch, dem ich von Ariel erzählt habe. Es war in der Hochzeitsnacht. »Jetzt verstehe ich, warum du manchmal so komisch gehst«, sagte sie und lachte. Ich bin mir nicht sicher, ob sie mir glaubte. Jedenfalls spricht sie nie über Ariel. Bisweilen jedoch, wenn ich abends heimkomme, begrüßt sie mich so merkwürdig lächelnd im Flur. Dann denke ich, dass sie meinen Helfer sieht.

Der Bär und ich
Eine Liebesgeschichte

Ich lebte schon lange mit Hugo zusammen. Wir hatten ein kleines Haus mitten im Thüringer Wald. Ich ließ ihn im Garten Holz hacken und Unkraut jäten. Täglich gingen wir im Wald spazieren. Auf einsamen Lichtungen tanzten wir Tango und sangen Lieder der Revolution und Befreiung. Ich zählte den Takt, und er brummte die Melodie. Nachts wärmte er mich mit seinem Pelz. Hugo ist nämlich ein Bär. Wir waren glücklich.

Aber die guten Zeiten fanden ein jähes Ende, als wir eine Reise nach Berlin machten. Berlin war nach dem Fall der Mauer größer geworden, doppelt so groß wie früher. Unglücklicherweise hat diese Stadt einen Bären als Wappentier. Und unglücklicherweise war Hugo benebelt, nachdem er drei Berliner Weiße getrunken hatte; er sagte den Satz: »Ich bin ein Berliner.« Das fanden die Einheimischen so witzig, dass sie Hugo um jeden Preis dabehalten wollten, als Attraktion. Sie sperrten ihn in einen Luxuskäfig des Tiergartens. Zweimal am Tag musste er seinen Spruch vor Besuchern aus aller Welt aufsagen. »Ich bin ein Berliner.« Nur dann bekam er zu fressen.

Ich war verzweifelt, ich wollte meinen Bären zurück haben. Aber wie? Ich hatte kein Geld für einen Anwalt. Also musste ich mir etwas anderes einfallen lassen. Ich freundete mich mit Hartmut an, einem der Wärter des Bärenkäfigs, ging mit ihm aus, ließ mich von ihm küssen, obgleich er potthässlich war. Hartmut besuchte mich, und nachdem er einige Küsse von mir empfangen hatte, bat ich ihn, Hugo in jedem Fall zu füttern, egal was geschehe. Er musste es versprechen, sonst durfte er mich nicht mehr besuchen. Danach begab ich mich in den Tiergarten zu Hugo und, als ich einen Moment lang allein vor seinem Käfig stand, rief ich ihm zu, er solle dummes Zeug reden. Hugo gehorchte und sagte beim nächsten Sprechtermin: »Ich bin ein Ufo.« Oder: »Ich bin ein Frankfurter.« Oder: »Meine Tante frisst Schweineschnauzen.« Die Berliner ärgerten sich, wollten dem unartigen Bären kein Futter mehr geben, aber Hartmut hielt sein Versprechen und fütterte ihn. Als Hugo eines Tages sagte: »Die Mauer war gar nicht so schlecht«, hatten die Berliner die Nase voll. Sie entließen das Tier, verpassten ihm zum Dank noch Fußtritte. Ich schnappte mir Hugo und fuhr mit ihm heim in unseren Thüringer Wald. Hugo war völlig entkräftet, ich musste ihn gesund pflegen. Wir setzten unser glückliches Leben fort, arbeiteten im Garten, tanzten Tango im Wald und sangen Lieder der Revolution und Befreiung. Nachts wärmte er mich mit seinem Pelz. Ich fragte ihn manchmal scherzhaft: »Bist du ein Berliner?« Darauf schüttelte er seinen Kopf: »Bin ich nicht, ich bin dein Bär«, brummte er und leckte mir mit seiner großen Zunge das Gesicht.

Der Zeh des Buddhas

Ausgerüstet mit Taucherbrille, Schnorchel und Flossen, stieg eine junge Frau von einem Felsen ins Meer, um Fauna und Flora vor der Küste eines bekannten Taucherparadieses zu erkunden. Zwei Stunden verbrachte sie im Wasser, danach war sie müde, hungrig und durstig. Sie wollte zurück zu dem Punkt, wo sie ihre Schnorchelexpedition begonnen hatte. Von dort war es nicht weit zum Hotel. Als sie auftauchte, um sich zu orientieren, sah sie einen kleinen fetten Mann vor sich, der, nur ein orangefarbenes Tuch um die Hüfte geschlungen, vom Wasser benetzt, im Schneidersitz auf einem flachen Stein saß und sie anlachte. Wo, um Himmels willen, war sie gelandet? Kein Mensch weit und breit am felsigen Ufer, nur dieser kleine Glatzkopf mit seinem prallen Bauch. Sie ekelte sich und sank zurück in die Fluten, schwamm einige Minuten unter Wasser und tauchte auf. Aber wieder hatte sie den Dicken vor sich, und wieder lachte er sie an. Irritiert und zornig tauchte sie erneut hinab und schwamm so weit sie konnte. Völlig erschöpft hob sie den Kopf aus dem Wasser. Jetzt glaubte sie endlich jene Stelle erreicht zu haben, wo ihre Erkundungsreise begonnen hatte. Sie schrie auf, als sie den ekligen Fettsack abermals vor sich erblickte. Diesmal lachte er schallend, seine Zehen, die aus dem Wasser herausschauten, spreizten sich vor Freude.

Sie fragte ihn verärgert, warum er sie belästige, er solle sie gefälligst in Ruhe lassen.

»Warum so unfreundlich?«, entgegnete der Dicke gutmütig, nachdem er sich die Lachtränen aus den Augenwinkeln gewischt hatte. »Ich tue dir nichts.«

»Du sollst mir nicht ständig folgen.«

»Ich dir folgen? Ich glaube, du täuschst dich. Ich bin dir nicht gefolgt.«

Innerlich musste sie ihm Recht geben. Allem Anschein nach hatte er sich nicht von der Stelle gerührt. Er saß auf demselben Stein wie zuvor. »Wie ist das möglich?«, sagte sie. »Ich habe mich von dir

fortbewegt, und trotzdem tauche ich vor dir auf. Bin ich etwa im Kreis geschwommen?«
»Du kannst dich abmühen, so viel du willst. Du tauchst immer wieder an der gleichen Stelle auf. Bei mir.« Er hielt sich den Bauch vor Lachen.
Die junge Frau wurde unsicher. Was hatte das zu bedeuten? Der Glatzkopf beruhigte sich. »Du bewegst dich mit dem Körper, aber mit Geist und Seele bewegst du dich nicht von der Stelle.«
»Was soll das heißen? Ich habe keine Lust, Rätsel zu raten. Sag mir lieber, wie ich zu meinem Hotel zurückkomme.«
»Du willst fort von mir?«
»Genau. Ich bin kaputt, habe Hunger und Durst.«
»Du willst zu dir zurück, zu deinem alten Ich. Das geht nicht. Deshalb bist du bei mir. Ich bin dein Wegweiser.«
»Erzähl keinen Quatsch. Spiel nicht den Guru.«
»Verändere dich. Gib die alten Muster auf.«
»Alte Muster aufgeben? – Versteh kein Wort.«
»Putz dir die Zähne mit dem Fuß. Betrachte die Welt aus dem Kopfstand. Schwimm rückwärts, die Füße voran, schlaf im Stehen.«
»Wie bitte? Das nennst du alte Muster aufgeben?«
»Das ist der erste Schritt, um die alten Muster aus den Angeln zu heben. Dann wirst du Abstand gewinnen zu allen Mustern. Und über sie lachen.«
»Du bist verrückt.«
»Ja. *Ver-rückt*. Das tut Not. Du bist es nicht. Deshalb tauchst du an derselben Stelle auf. Unverrückt. Zu meinen Füßen.«

Die Taucherin, die keinen Sinn für diese Belehrungen hatte, schrie vor Zorn auf und biss dem dicken Mann in den Zeh.

In der nächsten Sekunde war sie am Ziel ihrer Wünsche.

Vladimir, Herrscher der Welt

Es war schon nach Mitternacht. Vladimir hatte in einer Dorfschenke eine Menge Wein getrunken. Der Wirt, ein Mann mit kugelrundem Bauch und roten Flecken im Gesicht, weigerte sich, ihm weiterhin Alkohol einzuschenken. Aufgebracht verließ Vladimir das Lokal. Draußen war es kalt und finster. Über sich erblickte er einen klaren Sternhimmel. ›Blöder Wirt, blöde Sterne, alle sind gegen mich‹, dachte Vladimir. Da nahm er einen Stein vom Wegrand und warf ihn, auf den Polarstern zielend, mit voller Kraft in die Höhe. Es krachte und wenige Sekunden später schlug ein Eisbrocken mit dumpfem Geräusch, nur wenige Meter von Vladimir entfernt, auf dem Boden auf. Er hatte den Durchmesser einer Armlänge und war entzweigebrochen, im Innern glühte es, Rauch stieg daraus hervor. »Ha«, rief Vladimir und fühlte sich an den Sportunterricht in der Schule erinnert; schon damals zeigten sich seine überragenden Qualitäten als Werfer; die Schlagbälle hatte er stets weit über den Sportplatz hinaus geworfen. Er las einen weiteren Stein auf und setzte zum Wurf an; diesmal zielte er auf einen rötlich leuchtenden Himmelskörper. Und wieder traf er. Einen Augenblick später lag eine nackte Frau auf dem Weg, die sich wehklagend die Hüfte rieb. Da der Polarstern noch leuchtete, konnte Vladimir erkennen, dass sie helle rosige Haut hatte. Sie erhob sich und humpelte auf ihn zu.

Er fragte: »Na, gut gelandet?«

»Das war nicht nett von dir«, sagte die Frau. Sie hatte eine grandiose Figur. Vladimir musste sich zusammennehmen, damit er nicht ständig auf ihre Brüste und Beine schaute. Offenbar hatte er die Venus heruntergeholt.

»Morgen werde ich blaue Flecken haben«, jammerte sie. »Das wirst du büßen.«

›Ha‹, dachte Vladimir, ›ich mache was ich will, ich bin der beste Werfer der Welt. Und die Welt muss sich meinem Willen, meinem Wurfarm beugen.‹ Die Sterne herunterzuholen war viel einfacher, als er gedacht hatte. Den nächsten Stein warf er nach einer Sternengruppe über dem Horizont. Wumm. Neben ihm purzelte ein Riese zu Boden, bewaffnet mit einem Schwert. Er brüllte vor Schmerz, die Waffe fiel ihm aus der Hand. »Was fällt dir ein, Kerl. Du wagst es, dich mit Orion anzulegen?« Vladimir staunte. Der Orion? Er hatte in der Tat den Orion getroffen. Der Riese trug eine altertümliche Kriegskleidung mit zwei breiten Ledergurten quer über der nackten Brust. Orion öffnete seinen Mund. Plötzlich blies Vladimir kalte Luft entgegen, der Windstoß war so kräftig, dass er mehrere Meter nach hinten geschleudert wurde und in einem Dornenbusch landete. Ächzend erhob er sich. Orion und Venus hatten sich zum Polarstern gesetzt, anscheinend brachten sie sich gegenseitig wieder in Ordnung. ›Ich bin der Herrscher der Welt‹, dachte Vladimir, ›gegen mich kommen sie nicht an. Da kann Orion so viel blasen, wie er will. Ich werde sie allesamt herunterholen, diese hochnäsigen Sterne.‹ Er nahm einen schweren Stein und warf ihn mit voller Kraft steil in die Höhe. Wenige Sekunden später krachte es, ein dumpfes Geräusch folgte, und gleich darauf ertönte ein tiefes Brummen. ›Wieder getroffen‹, dachte Vladimir und drehte sich um. Da sah er einen großen Bären, der auf ihn zugerannt kam. Vladimir erkannte den Ernst der Lage, schleunigst suchte er das Weite, doch er stolperte und fiel aufs Gesicht. Im Fallen dachte er: ›Ach, jetzt werde ich heruntergeholt.‹

Mit einem Biss brach der Große Bär dem Weltenherrscher das Genick und machte sich über ihn her. Nach dem Mahl wurde er müde; er rollte sich hinter einem Baum zusammen, um ein Verdauungsschläfchen zu halten. Orion, Venus und der Polarstern, der inzwischen zusammengefügt worden war, hatten das Drama aus der Ferne verfolgt. Nun erhoben sie sich und näherten sich dem Großen Bären. Venus kroch zu ihm hin und schmiegte sich an seinen Pelz. »Mir ist so kalt«, sagte sie.
»Bär! Du hast mir die Arbeit abgenommen«, rief Orion und deutete mit der Schwertspitze auf die Reste von Vladimir. »Hast mich um mein Vergnügen gebracht.«
Der Polarstern nickte. »Werfen aber konnte der Kerl nicht schlecht.«

»Ich bin ganz glücklich, dass er uns heruntergeholt hat«, sagte Venus und kicherte. »Endlich lerne ich den Großen Bären kennen.«
Orion und Polarstern seufzten und setzten sich. Der Große Bär aber brummte zufrieden.

Allerlei Figuren

Quadrate trafen sich im Café, rauchten ihre Zigarren und lästerten über Rechtecke, die hätten doch keinen Sinn für Maß.

Rechtecke saßen im Biergarten und schimpften über Dreiecke; die seien so falsch, dass man ihnen nicht trauen könne.

Dreiecke machten Picknick im Park und schüttelten die Köpfe über Quadrate, denen sie am liebsten den Krieg erklären wollten; die seien so fürchterlich selbstgerecht und herrisch.

Rauten radelten den Fluss entlang und malten sich aus, wie sie alle rechtwinkligen Figuren ertränken würden; deren Hässlichkeit sei unerträglich.

Kreise rollten fröhlich auf einer Wiese daher und freuten sich über ihre Auserwähltheit. Wie gut, dass es Wesen mit Ecken und Kanten gab. Und wie gut, dass sie keine solchen waren.

Wie der Mond verschwand

In einer wunderschönen Mondnacht ertönte plötzlich ein ohrenbetäubendes Krachen, und der Mond war nicht mehr da! Wie das passieren konnte, ist unbegreiflich. Laut Augenzeugenberichten erschien am Himmel ein gigantischer Golfschläger und schlug den Mond wie einen Ball in den unendlichen Kosmos hinaus.

Seitdem gibt es keine Romantik mehr, und die Menschen leben in ständiger Angst, es könne ihre Erde ein ähnliches Schicksal treffen.

Rauch

Aus einem hohen braunen Ziegelschornstein steigt blauer Rauch auf. Die Blaugesichter versammeln sich davor und schauen befriedigt hinauf. »So ist es gut«, rufen sie. »Wir können wieder hoffen.«
Am nächsten Tag kommt gelber Rauch aus dem Schornstein. Die Gelbgesichter atmen erleichtert auf. »Endlich wird auch etwas für uns getan«, sagen sie.
Am Tag darauf steigt roter Rauch auf. Die Rotgesichter seufzen. »Jetzt sind wir an der Reihe. Das Warten hat sich gelohnt.«
So geht das die ganze Zeit. Abwechselnd steigt blauer, gelber und roter Rauch auf.
Eines Tages kommt kein Rauch mehr aus dem Schornstein. Stattdessen kriechen Mäuse daraus hervor. Katzen versammeln sich und lecken sich die Mäuler. Eine feine Sache, scheinen sie zu denken.
Dann aber kommt nichts mehr aus dem Schornstein, weder Rauch noch Mäuse. Blaugesichter, Gelbgesichter, Rotgesichter und Katzen versammeln sich davor, voller Verzweiflung rufen sie: »Blaublau, gelbgelb, rotrot, Miau Miau!«
Sie rufen immer lauter, ihre Schreie verwandeln sich in ein Donnern. Plötzlich erzittert der Schornstein und bricht auseinander. Alle, die sich darunter versammelt haben, werden von den Trümmern begraben.

Umfrage

»Elefanten, wollt ihr ewig leben?«
Die Elefanten baden im Fluss und bespritzen sich mit Wasser. »Das wollten wir schon immer, trööt«, ruft der Älteste.
»Kühe, wollt ihr ewig leben?«
Die Kühe heben die Köpfe aus dem Gras. »Na klar, Muh!« rufen sie. »Immerzu Gras fressen ist eine tolle Sache.«
»Pferde, wollt ihr ewig leben?«
Die Pferde kommen angaloppiert und stellen sich auf die Hinterbeine. »Gute Idee! Wir sind dabei«, wiehern sie. »Wir könnten um die Welt laufen.«
»Hunde, wollt ihr ewig leben?«
Die Hunde jagen einander über die Wiese, bleiben dann stocksteif stehen. »Dumme Frage, natürlich«, bellen sie. »Wer will das nicht?«
»Vögel, wollt ihr ewig leben?«
Die Vögel fliegen aufgeregt im Kreis herum und setzen sich auf einen Baum. »Oh ja, wenn's nichts kostet«, zwitschern sie. »Und wenn uns das Futter nicht ausgeht.«
»Eintagsfliegen, wollt ihr ewig leben?«
Die Fliegen kreisen emsig um den Kronleuchter. »Um Gottes willen, nur das nicht«, stöhnen sie. »Ein halber Tag genügt uns, um zu begreifen, dass das Leben mehr verspricht als es hält. Wir sind froh, wenn der eine Tag vorbei ist.«
Und sie setzen ihren Flug um den Kronleuchter fort.

Die verlorenen Eltern

Wieso spricht man immer vom verlorenen Sohn? Kann nicht auch der Sohn die Eltern verlieren? Das ist mir nämlich passiert. Vor einigen Jahren nahmen mich meine Eltern mit auf die Maiparade. Inmitten der jubelnden Volksmassen trabte ich an ihrer Seite durch die Straßen. Auf einmal kamen wir ins Gedränge, und ich war allein, und das für lange Zeit.

Erst nach drei Jahren schafften es meine Eltern, mich, ihren inzwischen zehnjährigen Sohn, wiederzufinden. Sie kamen auf allen Vieren angekrochen, mit einer demutsvollen Miene – wie sich das für verlorene Eltern gehört. Ich schimpfte mit ihnen, fragte, ob sie auf Abwege geraten seien.

»Nein«, sagte, mit gesenktem Blick vor mir knieend, der Vater, wobei er seinen Hut vor der Brust hielt. »Nein, Sohn, das darfst du von deinen Eltern nicht denken. Deine Mutter und ich gehören zum armen Volk. Es war auch ohne dich nicht leicht für uns in diesen drei Jahren. Wir brauchten Geld, aber es gab nur wenig Arbeit. Schweren Herzens ließ ich deine Mutter Lokomotivführerin werden, ich selbst verdingte mich als Schmierenkomödiant an einem Theater. Wir spielten alle Theaterstücke der Weltliteratur auf einer Bühne, die mit Schmierseife bedeckt war. Ständig rutschten die Schauspieler aus. Als Macbeth lag ich dreimal auf der Nase, bevor ich den König töten konnte. Den Leuten gefiel das. Überhaupt vertragen sie heute keine ernsten Stücke.

Aber nachdem Mutter drei Lokomotiven in den Sand gesetzt hatte und ich wie eine Papierschwalbe aus dem Theater geschmissen wurde, nur weil ich mir als Onkel Wanja die Nase brach, waren wir wieder arbeitslos. Wir hatten Sehnsucht nach dir und fragten überall, ob man dich nicht gesehen habe. Doch niemand konnte uns weiterhelfen, bis wir eines Tages dein Gesicht in der Zeitung erblickten. Du warst mit einem rotnäsigen Amerikaner abgebildet. Und so fanden wir dich.«

»Das könnt ihr mir doch nicht erzählen.«

»Warum denn nicht«, sagte meine Mutter schüchtern, »wenn es doch so war.«

»Das klingt ja viel zu einfach. Wo sind denn die Abwege? Verlorene Eltern geraten immer auf Abwege.«

»So erzähl du uns doch, wie es dir ergangen ist«, drängte Mutter. Sie war auch früher schon so neugierig gewesen.

»Ach, auch ich hatte es nicht leicht. Ein junges Paar nahm mich für einige Wochen zu sich. Mit ihrer Hilfe gab ich in der Zeitung eine Anzeige auf: ›Suche meine verlorenen Eltern‹. Eine Meldung von euch bekam ich nicht, stattdessen boten sich mir viele neue Eltern an. Schließlich sagte ich mir, lieber Pflegeeltern als gar keine, und suchte mir prompt die falschen aus. Das waren die reinsten Teufelseltern. Kaum hatten sie mich in ihr Haus gebracht, da fingen sie an, mich zu schikanieren. Sie sperrten mich in der Studierstube ein und ließen mich bei Wasser und Brot die Bibel auswendig lernen. Ein Jahr lang, bis ich halb wahnsinnig war. Und dann sollte ich im Varieté als Wunderkind auftreten. Auf Zuruf musste ich kapitelweise aus der Bibel zitieren. Es war eine Tortur, die sich über ein Jahr erstreckte. Dann aber reichte es mir und ich fing an, Zitate zu verdrehen. Ich sagte zum Beispiel: ›Eher spielt ein Reicher Flöte auf einem Nadelöhr, als dass ein Kamel in der Oper tanzt.‹ Aber anstatt meine neuen Eltern und das Publikum zu verärgern, bekam ich noch mehr Applaus. Mir blieb schließlich nichts anderes übrig als zu fliehen. Ein treuer Anhänger, Flugzeugingenieur von Beruf, half mir dabei. Mit einem Zeppelin floh ich über alle Berge. Die falschen Eltern versuchten mich mit einem Tandem zu verfolgen, doch sie blieben in einem Tal hängen, wo dichter Nebel herrschte.

Dann war ich endlich allein. Keine Eltern und kein Varieté. Ich genoss die Ruhe und faulenzte. Aber irgendwie musste ich ja leben. Ich begann Karten zu spielen, um Geld verstehet sich. Dabei freundete ich mich mit einem reichen Priester an, den ich beim Spiel ausnahm. Das ging einige Monate gut. Dann sagte er: ›Du bist ein schlauer Bursche. Weißt du was? Mach ein Tanzlokal auf. Hier hast du Geld!‹ Gesagt, getan.

Und der Laden lief. Die Leute kamen in Scharen, ich wusste nicht, dass es so viele tanzsüchtige, ja tanzwütige Menschen gibt.

Auch der Priester kam, als rotnäsiger Amerikaner verkleidet. Er war ein sympathischer kleiner Freizeit-Gauner. Und so bin ich reich geworden.«

Vater und Mutter sahen sich glücklich an, als wollten sie sagen: Na, haben wir doch gleich gewusst, dass unser Sohn ein großer Mann wird.

Seitdem lebe ich mit meinen wieder gefundenen Eltern zusammen. Stolz stelle ich sie meinen Freunden und Bekannten vor. Alle finden sie süß und beglückwünschen mich zu diesen fabelhaften Eltern. Eigentlich wünsche ich jedem, einmal seine Eltern zu verlieren und wiederzufinden.

Der große Regen

Wir saßen am Strand, als es zu regnen begann. Schnell packten wir unsere Sachen ein und fuhren nach Hause. Die Scheibenwischer hatten Mühe, freie Sicht zu schaffen. Es regnete die ganze Nacht, und auch am nächsten Morgen schien dem verhangenen Himmel das Wasser nicht ausgehen zu wollen. Drei Wochen lang goss es ununterbrochen, eine Katastrophe bahnte sich an. In vielen Regionen traten die Flüsse über ihre Ufer und setzten Land unter Wasser. Menschen verloren in wenigen Stunden ihr Hab und Gut. Aber auch uns, die wir in der Stadt lebten, ließ der große Regen nicht unberührt. Es war ein Ereignis, das uns in der Folge alle veränderte.

Lothar wurde ruhiger, zwinkerte nicht mehr mit dem linken Auge. Manfred beschloss, montags nichts mehr zu essen. Gerda wurde von ihrem Haarausfall geheilt. Conny schämte sich nicht mehr, dass sie eine Zahnlücke hatte und schloss sich einer Theatergruppe an. Klaus erkannte, dass Tolstoj zuweilen auch Schwachsinn geschrieben hatte. Maren verlor ihre Schüchternheit und begann, Männern auf die Pelle zu rücken. Jürgen erkannte den Sinn des Lebens darin, möglichst viel Spaß zu haben. Mein Vater fand heraus, dass alles, was in seinem Leben geschehen war, genauso hatte kommen müssen. »Und ich dachte, ich selber hätte entschieden, was und wohin ich wollte«, sagte er lachend. »Pustekuchen!« Und Tante Nelly trug wieder rote Schuhe und kurze Röcke wie in ihrer Jugend, obwohl sie schon siebzig war. Wenige Wochen später starb sie, fiel auf der Straße um und war tot.

Auch bei mir veränderte sich etwas, ob zum Guten, weiß ich nicht. Ich sah jedes Gesicht, das mir begegnete, so, wie es aussehen würde, wenn es auf dem Totenbett läge. Eine Zwangsvorstellung, gegen die ich nichts ausrichten konnte.

Dieser schreckliche Regen. Was hat er aus uns gemacht. Noch so eine Katastrophe in diesem Jahr, und wir brechen zusammen. Zwei Entwicklungssprünge in kurzer Zeit – das hält kein Schwein aus.

Porträt 1

Peter Buchmeister war Chorsänger. Immer wenn er sang, flog eine Fliege aus seinem Mund, umschwirrte seinen Kopf und, bevor das Lied zu Ende war, flog sie wieder hinein. Deshalb nannten ihn die Kollegen den Fliegen-Peter. Er selber hatte keine Ahnung, woher die Fliege kam. Die Eltern erzählten ihm, beim Großvater sei das ebenso gewesen. Immer wenn er eine Rede hielt – er war Politiker –, kam eine kleine Fliege aus seinem Mund geflogen, kreiste über seinem Kopf und kehrte zurück in den Mund, bevor die Rede zu Ende war.

Offenbar tragen manche Menschen Gäste in sich, ohne es zu wissen. So jedenfalls war das mit Fliegen-Peter.

Porträt 2

Kasimir ist ein Straßenschwimmer. Straßenschwimmer gibt es nur eine Hand voll auf der Welt. Kasimir ist der beste. Seine Begabung zeigte sich schon, als er klein war. Während andere Kinder im Wasser schwimmen lernten, mochte er lieber an Land schwimmen, zuerst im Sandkasten, dann auf Sandwegen, dann auf Straßen. Die Schulwege schwamm er, als er neun war, zuerst auf dem Rücken, dann auf dem Bauch. Die Eltern waren sehr besorgt über die ungewöhnliche Neigung ihres Sohnes. Aber ihr Arzt, Dr. Benz, der nur mit Naturheilverfahren arbeitete, beruhigte sie. So wie manche Vögel sowohl fliegen, schwimmen als auch tauchen könnten, so wie manche Fische zu schwimmen und zu fliegen imstande seien, so sei Kasimir eben ein Wesen, das auf dem Land gehen und schwimmen könne.

Kasimir wurde berühmt, als er den Kurfürstendamm einmal rauf und runter schwamm. In einem Witzblatt verglich man ihn mit Dagobert Duck, bekannt für seine Fähigkeit, in seinem Meer von Münzgeld zu schwimmen. Bald darauf wurde Kasimir in verschiedene Städte eingeladen, in Paris durfte er gemeinsam mit einer französischen Straßenschwimmerin die Champs-Elysées entlangschwimmen, in London kreiste er rücklings auf dem Piccadilly-Circus, in New York kraulte er mit zwei amerikanischen Schwimmern den Broadway entlang. Auf die Frage, ob es denn nicht wehtue, auf einer Asphaltstraße zu schwimmen, sagte er: »I wo, schlimm sind eigentlich nur Pflastersteine. Asphaltstraßen sind dagegen butterweich – vorausgesetzt, man selber ist stahlhart.«

Porträt 3

Florian ist Konditor. Ich lernte ihn vor Jahren kennen, kaufte Kuchen in seinem Café am Harras. Wir kamen ins Gespräch, redeten über Sport, und er erzählte mir, er spiele Squash. Da ich ebenfalls Squash spielte und gerade einen Partner suchte, fragte ich ihn, ob wir nicht miteinander trainieren sollten. Er war einverstanden. Es stellte sich heraus, dass er ungefähr mein Niveau hatte; seither spiele ich mit Florian regelmäßig Squash. Ich arbeite in einer Software-Firma in der Lindenschmittstraße, nicht weit vom Harras. Am Montagabend holt Florian mich ab, wir fahren dann gemeinsam zum Training. Darüber hinaus aber habe ich nur wenig Kontakt mit ihm. Im Grunde ist er ein unmöglicher Typ. Die Ungeduld in Person. Steht am Wochenende oft mit einer Torte vor meiner Haustür und verlangt, dass meine Frau und ich sofort davon probieren. Auf der Stelle. Diese Torten sind seine neusten Kreationen. Und wir, seine ›Freunde‹, so nennt er uns, müssen sie kosten. Unmöglich. Kommt hereingeschneit und setzt einem zwar keine Pistole, aber doch seinen Kuchen an die Brust. Wir sagen nie nein, denn wer bekommt nicht gern eine ganze Torte geschenkt. Und Florians Erzeugnisse sind in der Tat lecker. Aufmerksam beobachtet er uns und freut sich über jedes Stückchen, das wir uns in den Mund schieben.

Trotzdem, manchmal ist er einfach lästig.

Neulich sitze ich im Büro und führe ein Telefonat, als er ohne anzuklopfen hereinkommt und mir eine Torte auf den Tisch stellt. Unter seiner Wildlederjacke schaut sein weißes Konditorhemd hervor. Ich mache ihm ein Zeichen, dass er warten möge, bis ich mit dem Gespräch fertig bin. Florian kneift vor Ungeduld die Lippen zusammen und setzt sich auf den Stuhl vor meinem Schreibtisch. Nach wenigen Sekunden steht er auf und reißt das Fenster auf, aber da es windig ist, fliegen sogleich mehrere Blätter Papier von meinem Tisch auf den Boden. Ich mache ein grimmiges Gesicht. Darauf schließt er das Fenster und hebt die Papiere auf.

Kaum habe ich aufgelegt, sprudelt er los. »Wolfgang, du musst

meine neue Torte probieren. Ein Geniestreich. Anistorte. Hat noch keiner gemacht.« Sein rundes Gesicht, in dem ein dünner Schnurrbart das einzig Bemerkenswerte ist, glüht vor Erwartung.
»Ich kann jetzt nicht«, sage ich. »Ich arbeite gerade, falls du es noch nicht gemerkt haben solltest.«
Florian macht ein Gesicht, als hätte ich ihm einen Tritt verpasst.
»Was? Du lehnst mein Kunstwerk ab?«
»Das habe ich nicht gesagt.«
»Dann probier die Torte.«
»Doch nicht jetzt!«, brülle ich ihn an. »Am Wochenende, oder nach Feierabend. Seit wann kommst du denn mit deinem Kuchen zu mir ins Büro?«
»Hast du Kuchen gesagt?«
»Dann eben Torte. Siehst du nicht, dass ich zu tun habe?«
»Red nicht rum und probier! Ich will wissen, wie sie schmeckt.«
»Sag mal, bist du taub? Ich kann jetzt nicht!«

Florian, rot im Gesicht, springt auf, nimmt seine Torte und drückt sie mir ins Gesicht, bevor ich reagieren kann. Es dauert einige Sekunden, bis ich kapiere, was geschehen ist. Als ich wieder aus den Augen schauen kann, ist er verschwunden.

So ist das mit Florian, dem ungeduldigen Konditor, mit dem ich Squash spiele. Trotz des Vorfalls habe ich die Verbindung mit ihm nicht abgebrochen. Seine Torte hat super geschmeckt.

Der Radfahrer auf Mallorca

Christoph Paukenfell verbrachte drei Wochen auf Mallorca. Auf seinem mitgebrachten Rennrad fuhr er täglich etwa hundert Kilometer auf der Insel herum. Nach zwei Wochen gab es auf dem Eiland kaum einen Ort, den er nicht durchquert hätte. Mit dem Radfahren hatte er begonnen, nachdem seine Frau vor einigen Jahren gestorben war. Damals hatte er mit Gott gehadert. Hatte ihm vorgeworfen, ein Tyrann zu sein und der Willkür zu frönen. Und Gott hatte ihm geantwortet: »Du erwartest Menschlichkeit von mir? Ich bin aber kein Mensch. Und was darf ich von dir erwarten?« Seitdem hielt Christoph Paukenfell alle paar Tage Zwiesprache mit Gott.

Christoph Paukenfell war ein guter Radfahrer. Es fiel ihm nicht schwer, mit den Jungen mitzuhalten. Beim Fahren verzog er sein Gesicht, so dass die oberen Schneidezähne herausschauten und seine Unterlippe verdeckten. Jedes Mal, wenn er auf Mallorca einen Ort passiert hatte, rief er triumphierend »nick, nick«. Schon als Kind hatte er »nick, nick« gerufen, wenn er ein Erfolgserlebnis hatte; wie er auf diesen Ausruf gekommen war, wusste er selber nicht mehr. Nach seiner täglichen Radtour duschte er im Hotel, zog normale Klamotten an und setzte sich in ein Lokal an der Promenade, um ein Bier zu trinken.

Eines Tages nahm er einen kräftigen Schluck und sagte zu Gott: »Schau nur, ich bin jetzt fast siebzig und radle wie ein Weltmeister. Ganz Mallorca habe ich mit meinem Rad bereist. Gib zu, dass das eine grandiose Leistung ist.«

»Nicht schlecht, Alter. Mach weiter so.«

»Ist das alles? Wo bleibt das Lob? Schließlich tue ich das für dich.«

»Für mich? Wozu das?«

»Du bist der Weltenschöpfer, du hast auch mich geschaffen. Zu deinem Lob demonstriere ich Willenskraft und Opferbereitschaft.«

»Mir wäre es lieber, wenn du mit Hurra ins Meer spräng est.«

»Bist du wahnsinnig? Das Wasser hat im April eine Temperatur von zwölf Grad. Da friere ich mir den Arsch ab.«

»Dann rede aber nicht von Opferbereitschaft, sondern halte schön den Mund.«

Beleidigt verließ der alte Christoph Paukenfell das Lokal. Als er sich auf einen Felsen setzte, um auf die Wellen zu schauen, gab Gott ihm einen Schubs, und Christoph flog in hohem Bogen ins Wasser. Klitschnass und mit schlotternden Gliedern kroch er heraus, gebückt hastete er ins Hotel und stellte sich unter die warme Dusche.

›Der Herr ist grausam, unergründlich wie eine Frau. Ob ihm das nicht genügt, was ich für ihn geleistet habe?‹ dachte er betrübt. ›Heute hat er eindeutig schlechte Laune. Dieser Tyrann. Unausstehlich.‹

Er beschloss, drei Tage lang nicht mehr mit Gott zu reden, am besten gar nicht an ihn zu glauben. Wozu hatte er einen freien Willen? Auch bestieg er sein Rad nicht mehr. Wenn der Herr seine Gaben nicht annahm, sollte er sie auch nicht haben. Drei Tage lang ging Christoph am Meer spazieren. Dann wurde es ihm langweilig. Nach den Tagen des Widerstrebens bestieg er erneut sein Rad und fuhr wie der Teufel auf der Insel herum. Ob der Herr das gut fand oder nicht, war ihm egal. Eines Tages würde er seine Leistungen schon noch anerkennen.

Gerüchteküche

Hermann Stamitz las die Zeitung. Zu seiner Frau, die gerade bügelte, sagte er: »Stell dir vor, mit ihren Atomraketen kommen die Chinesen bis nach Moskau. Noch ein paar Jahre, dann erreichen sie auch Berlin.«

Am Tag darauf saß Frau Stamitz beim Friseur. »Wissen Sie, dass die Chinesen jetzt auch Atombomben haben, die sie bis nach Berlin werfen können?«, sagte sie.

›Na sowas‹, dachte der Friseur und erzählte es Frau Baltes, die er als Nächstes frisierte. »Von Frau Stamitz habe ich gerade erfahren, dass die Chinesen mit ihren Atombomben Deutschland zerstören könnten. Aber meiner Meinung nach bräuchten sie gar keine Atombomben. Mit ihren Menschenmassen sind sie in der Lage, jedes Land zu überrennen.«

Frau Baltes trug die Neuigkeit heim. Am Telefon erzählte sie ihrer Freundin Maria: »Du, stell dir vor, die Chinesen sind auf dem Vormarsch. Mit ihren vielen Menschen wollen sie ihre Bomben bis zu uns nach Deutschland bringen und das Land zerstören.«

Maria erzählte es ihrem Metzger Herrn Friedrich: »Mit Fleischessen ist bald nicht mehr. Die Chinesen haben eine Bombe entwickelt, die sie auf Europa werfen wollen. Das machen sie mit ihren Menschenmassen. Zuerst überrennen sie Russland und dann ist Europa an der Reihe.«

Herr Friedrich informierte Herrn Steffens, der vor der Fleischtheke stand und mit dem Schinken liebäugelte. »Die Chinesen haben eine Technik entwickelt, eine Bombe in Europa niedergehen zu lassen. Ohne Raketen. Allein mit ihren vielen Menschen. Man weiß ja, dass die Chinesen hervorragende Akrobaten sind, aber dass sie das fertig bringen, einfach erstaunlich.«

Herr Steffens, Lehrer von Beruf, wusste dem Kollegen Breitsam zu berichten: »Die chinesische Bombe funktioniert anders. Die können sie mit einer bestimmten Technik, bei der ihre Menschenmassen eingesetzt werden, in Europa hochgehen lassen, vielleicht auch in Amerika.«

Der Kollege Breitsam erzählte es seiner Frau.»Die chinesische Bombe ist etwas, was wir uns kaum vorstellen können. Genauso fremdartig, wie es die Akupunktur zunächst war, aber auch genauso effektiv. Ihre Millionen und Abermillionen Menschen sind selber die Bombe. Damit können sie Europa und Amerika vernichten.«

Frau Breitsam war beim Heilpraktiker, wo sie einmal wöchentlich wegen ihrer Schulterschmerzen mit Akupunktur behandelt wurde; sie saß im Wartezimmer und sagte zu einer anderen Frau in grünem Kostüm:»Akupunktur ist ein Wundermittel der Chinesen. Aber wissen Sie, die haben jetzt eine Bombe entwickelt, die genauso wirksam ist wie Akupunktur. Dabei setzen sie gezielt ihre Menschenmassen ein.«

Die Frau im grünen Kostüm, eine Intellektuelle, die Heidegger gelesen hatte, erzählte die Neuigkeit ihrem Mann:»Stell dir vor, die Chinesen haben eine neue Bombe entwickelt, aber nicht so ein bauchiges Ding, das einfach abgeworfen wird. Die chinesische Bombe funktioniert wie Akupunktur. Sie setzen dabei ihre Massen ein, Millionen von Menschen werden auf den Boden geworfen, und an anderer Stelle der Erde gibt es eine Katastrophe. Das nenne ich Verworfenheit.«

Ihr Mann, Soziologe von Beruf, der an der Uni Vorlesungen hielt, erzählte seinem Kollegen, dem weißbärtigen Dr. Moltke: »Man hält es nicht für möglich, aber die Akupunktur ist gleichzeitig Geheimwaffe des chinesischen Militärs. Die Chinesen betrachten die Erde als einen Körper und wenn sie der Erde einen Impuls versetzen – mit ihren Menschenmassen kein Problem –, dann kann an anderer Stelle eine Katastrophe entstehen, meinetwegen ein Erdbeben oder eine Überschwemmung. Raffiniert, oder?«

Auf einer Cocktail-Party des British Council gab Dr. Moltke diese Informationen an einige Gäste weiter, unter ihnen war auch die Sinologin Frau Krafft.

»Die Chinesen sind raffiniert. Sie haben eine Geheimwaffe entwickelt, die auf unglaubliche Weise wirkt. Sie versammeln Millionen von Menschen an einer bestimmten Stelle, und diese Massen springen zur gleichen, genau berechneten Sekunde in die Luft und versetzen diesem Punkt einen Impuls, ganz nach dem Prinzip der

Ohrakupunktur. Schauen Sie sich die Gestalt des Landes doch an, ähnelt sie nicht der Gestalt eines Ohrs? Ihr Land ist sozusagen das Ohr, die Erde dagegen der Körper. Einem Körper aber kann man positive und negative Impulse geben, nicht wahr?«
Frau Krafft fragte einen Tag später ihren Doktorvater an der Uni, Professor Wu aus Shanghai. Während Professor Wu der Erzählung seiner Studentin lauschte, wölbten sich seine Augenbrauen höher und höher. Verunsichert meinte er, das sei westliche Propaganda. Wenige Minuten später, als er wieder allein war, telefonierte er mit einem hochrangigen Vertreter des Ministeriums für Verteidigung der Volksrepublik China.»Wir werden über diese Idee nachdenken, Genosse Wu«, sagte der Beamte abschließend. Professor Wu war glücklich, vielleicht hatte er seiner Heimat einen großen Dienst erwiesen. Nur eines ärgerte ihn. Warum war kein Chinese auf diese nahe liegende Idee gekommen?

Ein schrecklicher Gedanke

Nur wenige Menschen wissen das: Zu jeder Zeit ist die Luft erfüllt von Gedanken, die nur darauf warten, gedacht zu werden. Unter diesen Gedanken gibt es einen, der so schrecklich und abartig ist, dass kein Mensch ihn haben möchte. Denn jeder, der von diesem Gedanken befallen wird, sieht sich zu einer Handlung genötigt, die ihm nichts als Peinlichkeit und Schande bereitet. Dieser heimtückische Gedanke treibt seine Opfer nämlich dazu, auf spektakuläre Weise aus dem Rahmen zu fallen.

Wie dieser virusartige Gedanke überhaupt auf die Welt gekommen ist, weiß niemand. In dieser Frage sind die Experten unterschiedlicher Meinung. Die einen behaupten, seit es Menschen gibt, existiert dieser Gedanke, und wenn er einem in den Sinn kommt, verdrängt man ihn in die untersten Schichten des Bewusstseins; andere meinen, der Gedanke stamme von niederen Wesen der Tierwelt ab, beispielsweise von einer Ratte, einer Stinkmorchel oder Miesmuschel. Eine kleine Gruppe von Gelehrten dagegen meint, der Urheber eines solch perfiden Gedankens könne nur ein Mensch gewesen sein, ein Philosoph, ein Clown oder ein Geisteskranker.

Der englische Literaturwissenschaftler Bruce Countdown ist überzeugt, dass William Shakespeare dahinter steckt. Demnach wäre der Gedanke erst rund vierhundert Jahre alt. Diese These wird jedoch von den meisten Gelehrten als unsinnig abgetan. Tatsache ist, dass dieser Gedanke schon seit Jahrtausenden durch die Welt wandert und sich bevorzugt in die Geisteswelt jener Menschen einschleicht, die bemüht sind, ihr Weltbild geschlossen zu halten; andere dagegen, die Freiheit in ihrem geistigen Kosmos zulassen, bleiben von ihm verschont. Kein Mensch ist in der Lage, ein total abgedichtetes Weltbild aufrecht zu erhalten, eine Ritze, einen Spalt gibt es immer. Wenn der Gedanke also einen Menschen befällt, der sonst nichts Fremdes in sich hereinlässt, dann sind die Folgen schrecklich, der Gedanke treibt ihn schier zum Wahnsinn.

Eines seiner Opfer war zum Beispiel vor gar nicht so langer Zeit der Regierungsrat Friedrich Hansel in Bonn. Dieser hochgewachsene, bebrillte und begabte Politiker war bekannt für souveränes Auftreten, für kluge und gewandte Reden, für blendende Gedankengänge, die jedes Problem im Nu verschwinden ließen. Kurz, er war einer, der jedem angenehm auffiel, nicht zuletzt auch wegen seiner vortrefflichen Manieren.

Während einer Musikveranstaltung in der Beethovenhalle – auf dem Programm stand Ravels Klavierkonzert für die linke Hand –, wurde dieser arme Mensch also von jenem üblen Gedanken heimgesucht. Hansel, der in der ersten Reihe saß, ganz nah beim Pianisten, vernahm in sich bislang unerhörte Sätze: »Was wäre, wenn du jetzt einen Handstand machtest? Was wäre, wenn du jetzt aufstündest und dir auf die Brust trommeltest und wie Tarzan schrieest? Wenn du der alten Frau neben dir die Perücke herunterrissest?« Und dann hörte er das Lachen einer ihm unbekannten Stimme. Zuerst wurde dem Regierungsrat ganz beklommen zumute, er glaubte, einer Sinnestäuschung zum Opfer gefallen zu sein. ›Um Gottes willen, nur nicht verrückt spielen‹, sagte er sich. Aber dies verstärkte nur die Dringlichkeit jenes Aufrufs, eine ungehörige Tat zu begehen. »Na los, zieh dich aus!«, rief die Stimme in ihm. Hansel begann am ganzen Leib zu schwitzen, sogar an den Handflächen. Nervös holte er ein Taschentuch hervor und betupfte sich die Stirn.

»Was hast du denn, Frieder?«, flüsterte seine Frau, die links von ihm saß.

Hansel schüttelte nur den Kopf zum Zeichen, dass alles in Ordnung sei, und biss die Zähne zusammen. Nur nicht ausflippen! Er merkte indes, dass der fremde Wille, etwas Dummes anzustellen, immer stärker wurde. Hansel wehrte sich innerlich so heftig, dass seine Hände zu zittern begannen. Der schreckliche Gedanke ließ nicht locker: »Flipp aus, flipp aus!«, befahl er dem Regierungsrat. »Mach einen Handstand, kletter auf die Bühne und halte dem Pianisten die Augen zu! Nimm deine Frau Huckepack und lauf eine Runde im Konzertsaal! Fang an zu lachen wie ein Blöder! Na los doch!«

Regierungsrat Friedrich Hansel war bald am Ende seiner Kräfte. Doch unterkriegen ließ er sich nicht. Als er drauf und dran war, in ein schrilles Gelächter auszubrechen, stand er plötzlich mit hochrotem Kopf auf und ging festen Schrittes nach links zum Ausgang, während die Musiker den zweiten Satz beendeten. Kurz vor dem Ausgang geschah aber doch ein kleines Malheur. Hansel rutschte auf dem glatten Parkett aus und fiel rücklings zu Boden, zum Glück konnte er sich mit den Händen abstützen. Ein Raunen ging durchs Publikum, als er sich erhob und schnell zur Tür hinausschlüpfte. Am nächsten Tag stand in der Zeitung: »Regierungsrat Friedrich Hansel flüchtet vor Attentat aus dem Konzertsaal.«

Nach diesem Ereignis verließ der heimtückische Gedanke den Regierungsrat, denn es war kein lange haftender Gedanke. All seine Kraft verbrauchte er während der Aktion, sein Opfer zu einer Dummheit aufzustacheln. Danach war er ausgelaugt und verließ die Stätte, um sich, sobald er wieder zu Kräften gekommen war, ein neues Opfer zu suchen.

Dieser Tage fand er eines in einer Frau, die als Lehrerin im Berliner Sprachinstitut Hölderlin tätig war, wo sie Deutsch als Fremdsprache unterrichtete. Unangenehm an der Attacke des schrecklichen Gedankens ist es, dass er so plötzlich in einen hineinfährt, ohne die geringste Vorankündigung. So geschah es auch bei Barbara Schaumkranz, die nichts ahnend zu einer Konferenz ging und dort im Lehrerzimmer, nach links und rechts grüßend, wie immer mit einem halb vollen Glas Wasser auf der Fensterseite Platz nahm. Zu spät bemerkte sie, dass ihr Herr Bollwerk gegenübersaß, auf den sie schon seit Tagen eine Stinkwut hatte. Der war nämlich schuld daran, dass ihre Lieblings- und Vorzugsschülerin Alicja Wojdowska aus Polen in der Prüfung nur auf eine Drei gekommen war. Herr Bollwerk war einfach zu streng, und seine Co-Prüferin Verona Minkus war bekannt für ihre Laschheit, die hatte gegen Bollwerk nichts ausrichten können. Barbara presste ihre Lippen zusammen und nickte dem Kollegen einen Morgengruß zu. Wäre sie selber als Prüferin eingesetzt worden, wie ursprünglich geplant, hätte sie es niemals geduldet, dass Bollwerk Alicjas Leistungen so schlecht bewertete. Aber leider hatte sie mit einer schlimmen Grippe das Bett hüten müssen. Ach, dieser ... dieses Bollwerk! Alicja hatte gestern, als sie Abschied von ihr genommen hatte, Tränen in den Augen gehabt. Barbara nahm einen Schluck

Wasser. Vor zwei Jahren war eine ähnliche Geschichte passiert. Da hatte Bollwerk einen Lieblingsschüler von ihr durchfallen lassen. Sie begann ihre Brille zu putzen, nur um nicht daran zu denken. In diesem Moment kam die Hasenpusch mit anderen Kolleginnen in den Raum und lachte. Barbara schüttelte es, sie konnte die Lache der Hasenpusch nicht ausstehen: so laut und aufdringlich, mit einem Wort, vulgär! Die Hasenpusch war sowieso eine komische Nudel, hatte im Fach Philosophie promoviert und benahm sich zuweilen so albern, dass man nur noch weglaufen konnte. Bei ihren Schülern indessen war sie unglaublich beliebt. Neulich soll sie im Abendkurs einen Bauchtanz vorgeführt haben. Barbara schüttelte den Kopf – wie konnte man sich als Lehrerin eines renommierten Instituts nur so unmöglich aufführen. Na, die Figur für einen Bauchtanz hatte sie ja.

Institutsleiter Wolfgram eröffnete die Konferenz, indem er die Anwesenden begrüßte und den Protokollführer bestimmte. Barbara nahm ihr Glas und trank. Doch kaum hatte sie es abgestellt, da hörte sie eine fremde Stimme, deren Klang sie zusammenfahren ließ, so stark ging er ihr durch Mark und Bein. »Spring auf den Tisch und führe einen Bauchtanz auf! Was die Hasenpusch kann, kannst du schon lange. Los los, spring auf, marsch marsch!«

Barbara schoss das Blut ins Gesicht. Mit angehaltenem Atem blickte sie irritiert um sich, weil sie meinte, irgendjemand aus dem Kollegenkreis flüstere ihr das ein. Aber es war niemand an sie herangetreten, und die Stimme ihrer Kollegin Gitta, die rechts von ihr saß, war es auch nicht gewesen. Alle taten so, als hätten sie nichts gehört. Bollwerk warf ihr einen strengen Blick zu, als wollte er sie auffordern, sich ruhiger zu verhalten.

Barbara atmete tief durch, aber schon im nächsten Moment befahl ihr dieselbe Stimme, aufzuspringen und Herrn Bollwerk in die Nase zu beißen. »Du musst dich rächen, Barbara. Mit demolierter Nase wird der sich nicht mehr ins Institut wagen«, meinte die Stimme. Als Barbara jedoch abwehrte und sich dem Befehl des schrecklichen Gedankens nicht beugen wollte, hieß er sie erneut, auf dem Tisch zu tanzen oder unter den Tisch zu kriechen und wie eine läufige Katze zu miauen.

Barbara rutschte so nervös auf ihrem Stuhl hin und her, dass

Gitta ihr einen Zettel mit der Frage »Was ist los?« zuschob. Doch Barbara war in Panik, in ihr schrillten sämtliche Alarmglocken. Sie wollte nicht ausflippen, um Gottes willen, nur das nicht! Als die Anspannung zu groß wurde, griff sie mit einer heftigen Armbewegung nach ihrem Glas und stieß es dabei um. Zum Glück war nur noch ein winziger Schluck darin gewesen. Trotzdem, wie peinlich! Alle schauten zu ihr hin. Barbara hob das Glas, um den anderen zu zeigen, dass nichts Schlimmes passiert sei, und wieherte dabei wie ein Pferd. Entsetzt über sich selbst, sprang sie auf und stürzte aus dem Raum. Herr Bollwerk, der hysterische Frauen nicht ausstehen konnte, zog eine verächtliche Miene und schaute gelangweilt aus dem Fenster.

Institutsleiter Wolfgram fragte irritiert: »Ich dachte, Frau Schaumkranz sei schon wieder gesund?«

Die arme Barbara traute sich erst wieder am nächsten Tag ins Institut. Und da war sie auch schon befreit vom bösen Gedanken. Doch der war nicht so recht zufrieden mit dem Ergebnis und schaute sich um: Wen könnte er als Nächstes überfallen?

Manchmal geschieht es, dass er ein Opfer auswählt, das denkbar ungeeignet ist. Von Zeit zu Zeit braucht der schreckliche Gedanke solche Herausforderungen. Und da er nicht auf den Kopf gefallen ist, bringt er auch ungeeignete Personen dazu, sich recht merkwürdig zu verhalten.

Vor längerer Zeit wählte er sich einen Schriftsteller zum Opfer, einen Menschen, der in der Öffentlichkeit dafür bekannt war, Provokationen und Skandale zu inszenieren. Bei seinen Auftritten und Lesungen konnte man sicher sein, dass er üble Sprüche, saftige Beleidigungen von sich geben und verbale Ohrfeigen austeilen würde. Aber nicht immer hatte er Böses im Sinn. Bei guter Laune hatte er einmal allen Teilnehmern einer Diskussionsrunde zum Abschied einen Kuss auf die Stirn gedrückt. Ein anderes Mal hatte er dem Bundeskanzler in die Wange gekniffen und mit dem Finger gedroht: »So nicht!«

Was hatte unser Gedanke bei diesem ewig aus der Rolle fallenden Menschen verloren? Bei einem, der nun wirklich kein geschlossenes Weltbild in sich trug. Nun, lassen wir uns überraschen.

Während einer Podiumsdiskussion im Gasteig, dem Münchner

Kulturzentrum, bei der es um das Thema ging: ›Ist Bonn gleich Weimar?‹, geschah es: Der Schriftsteller Hartmut Brüllowski wurde vom schrecklichen Gedanken befallen. An der Gesprächsrunde waren außer ihm ein Politiker, ein Historiker, eine Journalistin und der Kultusminister von Sachsen beteiligt. Brüllowski wurde ganz bleich, als er plötzlich eine dröhnende Stimme in sich vernahm, die ihm auftrug, er solle etwas Friedliches, Gemäßigtes und Braves von sich geben.

Prof. Holzmund, Ordinarius für Neuere Geschichte an der Uni München, einer der großen Historiker dieses Jahrhunderts, hatte im Eingangsreferat die These aufgestellt, dass es durchaus Parallelen zwischen Bonn und Weimar gebe, ganz offensichtlich sogar, und dass die Gefahr eines neuen Faschismus am Horizont zu erkennen sei; bei Änderung einiger weniger Faktoren, beispielsweise bei einer Verschlechterung der Wirtschaftslage mit folgender Zunahme der Arbeitslosigkeit, sähe er das gehörnte Haupt des braunen Ungeheuers erneut aus den Tiefen des Volkes aufsteigen. Dieser These widersprach der Minister von Sachsen, Dr. Drosselbart, heftig. Er verglich die Aktionen der Rechten im wiedervereinigten Ost- und Westdeutschland mit Dummejungenstreichen; die Bewegung der Rechtsextremisten habe keine echte Basis, sagte er, die Jungen agierten so, weil sie frustriert und irritiert seien und sich nicht zurechtfänden in der neuen Republik, und nicht, weil eine böse Ideologie es ihnen gebiete; gäbe man ihnen mehr Zukunftsperspektiven, wären sie weniger aggressiv.

Unser Schriftsteller hatte eigentlich vorgehabt, allen Meinungen zu widersprechen, so wie er es immer zu tun pflegte. Dem Professor Holzmund wollte er ganz entschieden entgegentreten und in ihm die Gilde der Historiker als einen Haufen Scharlatane bloßstellen, wenn sie versuchten, in die Zukunft zu sehen. Und dem sächsischen Minister wollte er ebenfalls auf die Zehen treten und ihn fragen, ob er es auch als Dummejungenstreich ansehen würde, wenn einige Halbstarke sein Haus in Brand steckten. Doch die Einflüsterungen des schrecklichen Gedankens, der sich bei ihm eingenistet hatte, ließen ihn schwanken. Wie eine Sirene heulte es in ihm: »Flipp aus, flipp aus und bleib anständig, brav, sag etwas Nettes! Sei ekelhaft nett! Mach den Leuten Komplimente, na los doch!«

Brüllowski wehrte sich, unter dem Tisch presste er die Hände zusammen und kniff sich schmerzhaft in die Oberschenkel, um den schrecklichen Gedanken loszuwerden. Zum Teufel, er wollte nicht brav sein! Doch trotz seiner inneren Abwehr vermochte er dem Druck der Suggestionen nicht standzuhalten.

Als er um Stellungnahme gebeten wurde, hüstelte er verlegen und sagte: »Unser Professor Holzmund ist gar nicht so dumm. Ich gebe ihm Recht. Ehrenwort! Er hat wirklich Recht. Wie Recht er doch hat! ...«

Weiter kam er nicht. Im Publikum lachten einige. In diesem Moment nieste sich Prof. Holzmund in die hohle Hand, vermutlich vor Überraschung darüber, dass Brüllowski ihm nicht widersprach. Brüllowski nutzte die Gelegenheit und rief: »Gesundheit, Herr Professor!« Dann sprang er auf und warf ihm ein Tempotaschentuch hin; und um zu vermeiden, dass er noch mehr Nettigkeiten vom Stapel ließ, eilte er aus dem Raum. Sollten sie ohne ihn diskutieren.

Die Gesprächsteilnehmer waren ratlos. Frau Dickfisch, die Journalistin von der SZ, meinte nur: »Herr Brüllowski wird eben alt. Man kann ja auch nicht immer den Revolutionär und Clown spielen.«

Und sie setzten die Diskussion fort. Doch nach etwa fünf Minuten kehrte Brüllowski zurück. Ohne aufgerufen oder gefragt zu werden, sprang er auf den Tisch und rief: »Was? Bonn soll nicht gleich Weimar sein? Dass ich nicht lache ... Es ist sogar viel schlimmer, als wir uns vorstellen können. Unsere Historiker wissen nicht, was sie reden. Für einen Blick in die Zukunft braucht man keine penible historische Analyse, sondern Inspiration, Intuition, Vision, kurz, eine echte prophetische Gabe ...«

Während alle mit offenen Mündern auf Brüllowski schauten und seinen Worten lauschten, schwebte unser Gedanke über dem Haupt des Schriftstellers, den er soeben verlassen hatte, und seufzte: Was gab es doch für widerspenstige und für ihn ungenießbare Menschen! Nein, Brüllowski war ihm als Opfer eine Nummer zu groß.

Und nachdenklich zog der schreckliche Gedanke von dannen.

Professor Lochwitz

Professor Lochwitz stand vor seinen Studenten und wollte mit seinem Vortrag beginnen, als er mit Schrecken feststellte, dass er all sein Wissen nicht mehr parat, ja verloren hatte. Vermutlich war das in der letzten Nacht geschehen, als ein starker Föhn aufkam. Das war ihm schon öfter passiert, aber diesmal war es besonders schlimm, denn ihm fiel absolut nichts ein, was er den Studenten erzählen könnte. Sein Kopf glich einem leeren Hangar, einem Riesenhohlraum, und nicht mal ein Zipfel seines sonst überreichen Wissens wollte sich ihm zeigen. ›Oje‹, dachte er, ›da hängen diese Halbwissenden an meinen Lippen, und ich kann ihnen so gut wie nichts erzählen.‹ Von seinem Wissen war ihm gerade so viel geblieben, dass er noch wusste, wie er selbst hieß, wie seine Frau aussah und wie er nach Hause finden würde. Aber die Gesichter seiner erwachsenen Kinder, die schon lange nicht mehr daheim lebten, waren verblasst, vom Namen der Tochter fiel ihm nur der erste Buchstabe ein, vom Sohn nur, dass er schwarzes Haar hatte und scheußliche Rockmusik hörte.

Um Gottes willen, wie sollte er die Vorlesung beginnen? Einfach nicht antreten? Er überlegte fieberhaft, doch wollte ihm kein Ausweg einfallen. Vor Aufregung wurde ihm schwindlig; sich mit beiden Händen am Pult fest haltend, dachte er: ›Nur nicht ohnmächtig werden.‹ Er gab sich einen Ruck, atmete tief durch und ging an den Tischen der Studenten vorbei. Seltsam, ihre Köpfe erschienen ihm wie Kochtöpfe, auf denen ein Deckel lag. Hm, ob man in die Köpfe reinschauen konnte? Er trat an eine Studentin mit kurzem schwarzem Haar heran, hob ihren Deckel und spähte in einen Hohlraum, in dem pilzartige Wucherungen zu erkennen waren. Lochwitz spuckte hinein, Pilze brauchten Feuchtigkeit. Beim nächsten Studenten machte er es genauso. Keiner protestierte. Gut so, dachte Lochwitz, auf diese Weise kann ich die absolute Blamage vermeiden. Er war schon in der zweiten Reihe, als er auf einmal kräftig in den Hintern getreten wurde. Der Professor fiel zu Boden.

»Was fällt ihnen ein, Lochwitz? Was tun Sie da?«, rief eine Stimme.
Lochwitz blickte auf. Das war doch Prof. Kneifer, der Uni-Dekan. Wunderbar, er konnte sich an einen Namen erinnern. Lochwitz erhob sich und sagte: »Machen Sie das noch einmal, Prof. Kneifer. Das war gut, richtig gut. Ich weiß wieder, welches Fach ich unterrichte.«
Der Dekan ließ sich nicht zweimal auffordern und trat Lochwitz dreimal in den verlängerten Rücken, einmal sogar mit dem Knie.
»Ich hoffe, das hilft Ihnen weiter. Sie sollen die Studenten besser behandeln. Ich will glückliche Studenten.«
Lochwitz ballte vor Freude seine Fäuste, bei jedem Tritt des Dekans war ein Stück seines Wissens zurückgekehrt. Es hatte irgendwo im Körper gesteckt, vielleicht gar im Gesäß. Der Föhn hatte es ihm aus dem Kopf geblasen, aber nicht mitgenommen. Vermutlich ließ sich das Wissen gar nicht wegnehmen. Es lagerte verteilt im Körper. Im Sitzfleisch vermutete Lochwitz sogleich das Wissen um die Manieren und die Namen, im Geschlecht waren vielleicht alle Flüche angesiedelt. Rechtschreibekenntnisse hockten sicher in der Brust, die Zahlen in den Beinen und Füßen. Wo aber hatte sich sein Fachwissen versteckt? Vielleicht im Darm?
»Beginnen Sie endlich, Lochwitz. Machen Sie mir ja keine Schande, sonst kriegen Sie einen Knuff, der sie ganz woanders hin befördert«, rief Prof. Kneifer aufgebracht. Und batz! Schon hatte er Lochwitz eine Kostprobe auf den Hinterkopf verpasst. Aber gerade dieser Schlag rettete Lochwitz. Er wachte nämlich auf; umringt von seinen Studenten, lag er neben dem Pult am Boden.
»Professor Lochwitz, geht es Ihnen jetzt besser oder sollen wir einen Arzt rufen?«, fragte eine Studentin in dunkelroter Seidenbluse, die sich über ihn gebeugt hatte. Lochwitz sah sie verkehrt herum, mit dem Kopf nach unten.
Verwundert richtete er sich auf und warf einen Blick in die Runde. Offenbar war er mitten im Vortrag umgekippt. »Nein, nein, ich mache weiter. Wo waren wir stehen geblieben?«, sagte er und stand auf. Er merkte, dass sein Wissen an Ort und Stelle war, aber es war brüchig und voller Lücken. Die Studenten gingen zurück zu ihren Plätzen. »Wussten Sie, dass einem das Wis-

sen entzogen oder verschleppt werden kann? Das ist mir in der letzten Nacht passiert. Der Föhn, Sie wissen schon. Ich habe sehr schlecht geschlafen.«

Die Studenten zogen die Stirn kraus. Was redete ihr Professor da? »Ja, im Ernst«, fuhr er fort. »Der Föhn ist ein Feind der Menschheit. Je älter man wird, desto wehrloser ist man ihm ausgesetzt. Ich verfüge heute nicht über mein volles Wissen. Ich brauche Ihre Hilfe, um es wiederzuerlangen. Der Dekan hat mir gezeigt, wie das geht«, sagte er, immer verlegener werdend.

Jetzt begannen seine Zuhörer eifrig miteinander zu tuscheln.

»Der spinnt ja«, hörte er in der ersten Reihe eine Studentin mit vielen langen und kunstvoll geflochtenen Zöpfen sagen.

»Nein«, rief er laut. »Ich spinne wirklich nicht, auch wenn es für Sie den Anschein hat. Mein Wissen ist nicht gestohlen, sondern verstreut worden. Es sitzt überall, im Ellbogen, im Knie, sogar in den Ohrläppchen. Bei Wind und schlechter Witterung verzieht sich das Wissen eben, sucht Schutz und Obdach in anderen stilleren Ecken. Bitte helfen Sie mir, mein Wissen wiederzuerlangen.«

»Wie denn?«, fragte die Studentin mit den Zöpfen.

»Treten Sie mich da rein.« Lochwitz hielt ihr seinen Allerwertesten hin. »Dahin hat sich eine Menge Wissen verkrochen.«

Keiner der Studenten wollte den Professor treten, die meisten hatten zu viel Respekt vor ihm.

Da sagte Lochwitz böse: »Wollen Sie etwa, dass ich in Ihre Köpfe wie in Kochtöpfe spucke?« Er griff nach den Zöpfen der Studentin, die ihn treten sollte, und zerrte daran, bis sie kreischte. Darauf warf sich ihr Nachbar auf den Professor und biss ihm ins Ohr. Lochwitz brüllte und griff sich an die verwundete Stelle. Das Ohr blutete. Eine blonde Studentin eilte mit besorgter Miene heran und reichte ihm ein Taschentuch.

»Sie sollten mich treten und nicht beißen«, rief Lochwitz dem Übeltäter wütend zu. »Die Ohren sind äußerst wichtig, da sind vielleicht ein paar unregelmäßige Verben gelagert.«

Dem Studenten, der im Affekt gehandelt hatte, um seine Nachbarin zu schützen, wurde erst jetzt bewusst, was er getan hatte. Bleich im Gesicht, wischte er sich mit einem Taschentuch den Mund ab, es färbte sich rot.

»Treten sollen Sie mich, nicht beißen. Also los!«, wiederholte Lochwitz.

Die Studenten stellten sich auf Anordnung in einer Reihe vor dem Pult auf. Wer sich weigere, so drohte der Professor, der bekomme keinen Schein. So taten sie, was ihnen befohlen wurde. An allen ging Lochwitz vorbei und empfing Gewünschtes. Bei jedem Tritt spürte er, wie sein Wissen schubweise zurückkehrte. Mehr noch, die letzten Tritte förderten ein Wissen zu Tage, das ihm völlig neu war. Wie ist das möglich, fragte er sich. Und schon befassten sich seine Gedanken mit der Idee, dass jeder Mensch vielleicht Dinge weiß, die er nie gelernt hat. Dass dieses innere Wissen durch äußere Impulse geweckt, aber keinesfalls von außen hineingetragen wurde. Wissen wir vielleicht alles Wesentliche, ohne uns dessen bewusst zu sein?, dachte Lochwitz erschüttert.

Doch er stellte diesen neuen Gedanken zurück und füllte den Rest der Zeit mit einem brillanten Vortrag über die Evolution des Lebens auf der Erde. Am Ende bekam er rasenden Applaus, auch von der Studentin mit den Zöpfen und ihrem Nachbarn, der jetzt wusste, wie das Ohr eines Biologieprofessors schmeckte.

Geschwächt und doch erhobenen Hauptes ging Professor Lochwitz nach Hause und besah sich in aller Ruhe sein durch Tritte neuerworbenes Wissen. Daraus zog er den Schluss, dass es erstens keineswegs schlecht sei, das erworbene Wissen einmal zu verlieren, und zweitens, dass uns Tritte neue Erkenntnisse liefern können.

Der Glücksbringer

In der Zeitung fand ich eine merkwürdige Anzeige. Jemand behauptete, er sei in der Lage, nahezu jeden Menschen für mehrere Jahre glücklich zu machen. Die Behandlung dauere in der Regel zehn bis vierzehn Tage. Um Missverständnissen vorzubeugen, hieß es noch: Das sei keine Sektenwerbung. Dem Kunden werde kein Haar gekrümmt, Körper und Geist blieben unversehrt. Es seien keine Drogen im Spiel, es werde keine Gehirnwäsche vorgenommen. Überdies werde die Gebühr bei Nichterfolg rückerstattet.

Das Angebot klang nicht nur interessant, sondern schien auch seriös zu sein. Obwohl ich normalerweise misstrauisch auf solche Anzeigen reagierte, zögerte ich diesmal weiterzublättern und notierte mir sogar die Telefonnummer. Der Grund: Meine ältere Schwester litt seit Jahren an Depressionen und hatte schon drei Selbstmordversuche hinter sich. In unserer Familie gab es mehrere Fälle von Depressionen und Lebensmüdigkeit. Eine Tante von uns starb durch Schlaftabletten, und der Vater meiner Mutter schied aus dem Leben, indem er sich die Pulsadern aufschnitt. Die dunkle Neigung zur Melancholie zeigte sich auch bei mir und meinen fünf Geschwistern, besonders gefährdet waren mein jüngerer Bruder und die ältere Schwester. Wir alle wären vielleicht die geeigneten Kandidaten für die Künste eines solchen Glücksbringers. Zunächst aber wollte ich mich selbst davon überzeugen, dass kein Scharlatan hinter dieser Anzeige steckte. Ich nahm das Telefon und wählte die Nummer. Es meldete sich eine angenehme, leicht näselnde Männerstimme und sagte, dass zurzeit kein Termin frei sei; ich solle an einem Samstag in zwei Wochen zu einem Vorstellungsgespräch kommen; mit meinem Einverständnis würde die Behandlung drei Wochen später beginnen; vierzehn Tage sollte ich mir frei nehmen. Dies war kein Problem für mich, da ich freiberuflich als Werbegrafiker tätig war und meine Zeit beliebig einteilen konnte. Die Frage war nur, was meine Freundin Sonja dazu sagen würde, wenn ich mich für zehn bis vierzehn Tage in die Obhut eines angeblichen

Glücksbringers begäbe. Womöglich würde sie mich davon abzuhalten versuchen. Doch ich hatte falsch getippt. Da Sonja mich kannte und mehrfach miterlebt hatte, wie sehr ich unter depressiven Anfällen litt, hatte sie nichts gegen die Behandlung einzuwenden. Jedoch meinte sie, ich solle mir diesen Menschen genau anschauen, bevor ich mich ihm anvertraute. »Das werde ich auf jeden Fall tun«, sagte ich ihr.

Der Glücksbringer wohnte am Rande unserer Stadt in einem schäbigen alten Haus mit Giebeldach. Man sah auf den ersten Blick, dass es renovierungsbedürftig war. Der Putz bröckelte von den Außenwänden, und von den taubenblauen Holzrahmen der Fenster blätterte die Farbe ab. Durch einen verwilderten Garten gelangte ich zur Veranda. Dort saß er – der Meister, der allen Glück versprach, die zu ihm kamen.

Der gute Mann, der sich Shri Detlef Seth nannte, war mittelgroß und spindeldürr, hatte dichtes grauschwarzes Haar, hinten zu einem Knäuel zusammen gebunden, und einen Bart gleicher Farbmischung. Er trug eine schwarze Nickelbrille mit ovalen Gläsern und wirkte damit wie ein Anarchist des neunzehnten Jahrhunderts. Betrachtete ich ihn jedoch in seinem zartrosa Kaftan, so erinnerte er mich eher an einen Mönch. Er saß in einem Schaukelstuhl und streichelte eine hellgraue Katze auf seinem Schoß. Als er mich erblickte, setzte er sie zu Boden, erhob sich und begrüßte mich mit festem Händedruck. Seine warme Ausstrahlung vertrieb in mir jeden Ansatz von Misstrauen. Wir kamen gleich zur Sache. Er legte mir ein Papier vor, das ich lesen und unterschreiben sollte. Aufmerksam las ich es durch. Es ging darum, sich mit den Methoden der Behandlung einverstanden zu erklären. Worin die Methoden bestanden, blieb offen, es wurde nur aufgezählt, worin sie nicht bestanden, also keine Drogen, keine Gehirnwäsche und dergleichen. Vom Kunden wurde eine gewisse Disziplin verlangt, ein frühzeitiger Abbruch solle vermieden werden, hieß es, sonst sei der Prozedur kaum Erfolg beschieden. Und eine wichtige Voraussetzung für die Behandlung sei ein gesundheitlich guter Zustand, man dürfe beispielsweise kein schwaches Herz haben. Die Teilnahme könne nur in Eigenverantwortung stattfinden, es gebe keinen

Schadensersatz. Falls die Behandlung ihr Ziel verfehle, dürfe man nach drei Tagen in einem Zeitraum von sechs Wochen achtzig Prozent der bezahlten Summe zurückfordern. In Klammern war noch hinzugefügt, man solle bei einer etwaigen Rückforderung ehrlich sein, sonst würden geistige Kräfte dafür sorgen, dass Unglück über einen hereinbreche. Mit der Unterschrift verpflichtete man sich auch, über die Behandlung Stillschweigen zu bewahren, da bei dieser Methode die Chancen auf Erfolg zum Teil darauf beruhten, dass der Kunde nichts von dem wisse, was auf ihn während der Behandlung zukomme. Eine Indiskretion bezüglich der Methoden wäre nicht nur geschäftsschädigend, sondern auch bedauerlich für jene, die in Zukunft von dieser Behandlung profitieren wollten.

Dass man einen saftigen Preis zu bezahlen hatte, war mir klar. Doch selbst wenn es mich ein ganzes Monatsgehalt kosten würde – das war es mir wert. Ich nickte dem Meister zu. Der begann mich auszufragen.

»Ich denke, bei Ihnen genügen zwölf Tage. In drei Wochen können wir beginnen«, sagte der Meister zu mir, nachdem ich ihm von meinen Problemen erzählt hatte.

»Erst in drei Wochen? Haben Sie denn so viele Kunden?«, fragte ich.

»Etwa drei pro Woche.«

Ich schaute auf das Haus. Es hatte drei Stockwerke. Saß vielleicht in jedem ein Patient? Oder bewohnte der Meister das Haus allein?

»Eine gute Einnahmequelle«, sagte ich.

»Alles Wertvolle hat seinen Preis.«

»Richtig. Schon mal was Schlimmes passiert? Seien Sie ehrlich«, sagte ich und hob warnend den Zeigefinger, um eine Anspielung auf die geistigen Kräfte zu machen, die im Vertrag erwähnt wurden.

»Ich mache das seit einem Jahr«, sagte er. »Bis jetzt ist nichts Schlimmes passiert. Drei Personen jedoch haben die Behandlung vorzeitig unterbrochen.«

Die Katze rieb sich mit aufgerichtetem Buckel an seinen Beinen.

»Wenn diese Katze Ihnen vertraut, dann kann eigentlich nichts falsch sein an Ihrem Laden«, sagte ich.

Mir war klar, dieser Mensch lebte in anderen Dimensionen.

Allein das Haus vermittelte eine Stimmung von Ruhe und Zeitlosigkeit, von Zauber und Tiefe. Das hektische Treiben der Welt blieb hier ausgespart. Ich setzte meine Unterschrift unter den Vertrag. Ich glaube, wenn ich auch nur die geringste Ahnung davon gehabt hätte, was auf mich zukommen sollte, hätte ich nicht einen Schritt ins Haus gesetzt.

Drei Wochen später erschien ich in aller Frühe beim Meister Seth und lieferte mich ihm vertrauensvoll aus. Ein paar Klamotten und Waschzeug hatte ich in einer Tasche mitgebracht. Der Meister trug ein weißes luftiges Gewand, das bis zu den Knien reichte, darunter weiße Hosen; er ging in schwarzen Ledersandalen, die arg abgenützt waren. Selig lächelnd empfing er mich und begann ohne Erklärung mit der Prozedur, indem er mir als Erstes die Augen verband. Ich wusste daher nicht, ob das fensterlose Zimmer, in das er mich führte, sich im Haus oder woanders befand. Der Eindruck war grauenhaft, als er mir die Binde abnahm. Ein fünf mal fünf Meter kleiner, dunkler Raum mit Ziegelwänden, Licht kam nur durch zwei winzige Schlitze unter der Decke herein, kein Tageslicht, sondern elektrisches. Eine Pritsche, ein winziger Tisch, eine Toilettenschüssel mit Deckel, ein Metallgestell für meine Klamotten – das war alles, womit dieser verliesähnliche Raum ausgestattet war. In dieser Zelle sollte ich zwölf Tage verbringen. Ich schloss die Augen und stöhnte.

Um es kurz zu machen: Die Methoden waren ebenso einfach wie effizient. So wie der erste Tag verlief, so verliefen im Prinzip alle anderen Tage. Gleich nach dem Frühstück, das aus einer wässrigen Gemüsebrühe bestand, wurde ich an einen Stuhl gefesselt. Drei Stunden lang konnte ich mich kaum bewegen, im Mund steckte ein Spezialknebel, durch den ich atmen, nicht aber sprechen oder schreien konnte. Mit dieser Tortur begann mein erster Tag. In den ersten Minuten zwickte und juckte es mich überall, ohne dass ich mich kratzen konnte. Panik befiel mich, mir schien, dass ich solch ein Sträflingsdasein niemals aushalten könnte. Aber ich beruhigte mich, und auch das Jucken ließ nach. Als ich nach drei Stunden von den Fesseln befreit wurde, schien es mir wie ein Geschenk des Himmels, mich in der lausigen Zelle bewegen zu dürfen. Zum Mittagessen gab es ein warmes Reisgericht mit Joghurt und Kräutern, von dem ich kaum satt wurde. Kein Fleisch. Und am Abend dasselbe mit anderen Kräutern. Danach ein Stück Obst. Tagtäglich das gleiche Menü. Bevor ich essen durfte, wurde mir jedes Mal ein Maulkorb umgebunden; etwa eine Viertelstunde lang konnte ich das Essen, das auf einer Wärmeplatte stand, riechen und sehen, aber nicht essen. Trinken sollte ich im Laufe des Tages eine ganze Kanne mit Wasser; wenn ich das nicht schaffte, wurde mir das Abendessen vorenthalten. So war es kein Wunder, dass ich in den zehn Tagen stetig an Gewicht verlor. Aber seltsam – war ich in den ersten Tagen immerzu hungrig, so verschwand am Ende der Behandlung dieses Hungergefühl. Nachmittags musste ich mich aufs Trimmdichfahrrad setzen und mindestens fünf Kilometer fahren, danach war ein viertelstündiges Hanteltraining angesagt. Vor dem Abendessen wurde ich mit verbundenen Augen in einen von Ziegelmauern umgebenen Hof geführt und durfte mich dann, wie ein Esel an der Leine, im Kreis bewegen. Obwohl es dämmerte, freuten sich die Augen über das Himmelslicht und über ein wenig Grün am Boden. Gierig atmete ich die frische Luft ein. Nach dem Abendmahl gab es die so genannte Abenteuerstunde. Eine davon sah so aus: Ich wurde bis zum Hals in ein Loch im Boden gesteckt, so dass ich mich nicht bewegen konnte. Dreißig Minuten musste ich in dieser Pose verharren. Es waren schreckliche Momente, besonders wenn ich Ameisen und Käfer in der Nähe krabbeln sah. Ein anderes Abenteuer bestand darin, dass man mich, die Füße zuoberst, an einem Galgen im Hof aufhängte. Zehn Minuten lang sah ich die Umgebung auf den Kopf gestellt. Das dritte Abenteuer war ebenfalls unerfreulich: Ich hatte in einer Doppel-Dusch-Kabine stehend nur die Wahl zwischen heißem und eiskaltem Wasser. So wechselte ich die Duschen laufend, unter keinem Strahl hielt ich es länger als eine halbe Minute aus.

Die schlimmste Stunde am Tag bestand darin, dass ich vor dem Schlafengehen auf einer Liege gefesselt wurde. Dann bestrich der Meister meine nackten Fußsohlen mit einer Salzlösung und ließ eine Ziege ins Zimmer kommen. Die leckte mir mit ihrer kräftigen rauen Zunge genussvoll die Füße ab, während ich ein jämmerliches Geschrei anstimmte. Es war so laut, dass sich der Meister Stöpsel ins Ohr steckte. Mich zerriss es innerlich fast, ich brüllte mir schier die Seele aus dem Leib, am Ende war es eher ein heiseres Kreischen. Jeder, der mich gehört hätte, hätte glauben müssen, hier werde einem bei lebendigem Leibe die Haut abgezogen. Zum Glück dauerte diese Qual nur zehn Minuten. Noch weitere zehn Minuten und ich wäre gestorben, ich schwör's. Danach aber fühlte ich mich so entspannt, so wohlig gesund und leicht, dass ich sanft in tiefen Schlaf glitt. Stets schlief ich durch bis zum Morgen, nur in einer einzigen Nacht wachte ich vorzeitig auf. Da hörte ich jemanden flüstern: »Für dich zählt nur das Heute, nur das Hier und Jetzt. Vergangenheit und Zukunft sind unwichtig, sind Illusion. Du bist frei davon. Für dich zählt nur das Heute.« Immer und immer wieder diese Sätze. Ich schlief ein. War das eine Täuschung oder ein Traum gewesen? Ich wusste es am nächsten Morgen nicht.

Alles in allem eine schreckliche Zeit, in der jeder Moment den Vorgeschmack der Ewigkeit barg. Nie im ganzen Leben war die Zeit so quälend langsam vergangen wie in diesen Tagen. Zwar hatte ich – von der Kindheit abgesehen – zum ersten Mal im Leben viel Ruhe und Zeit zum Ausschlafen und zur Erholung, aber es quälte mich sehr, dass ich nichts tun durfte, was meinen Körper und Geist befriedigt hätte. Ein wenig Sport und Spaziergänge im Innenhof, das waren die einzigen Aktivitäten, die mir vergönnt waren. Allein zum Nachdenken blieb mir genügend Muße. Rasten mir in den ersten Tagen noch Hunderte von Gedanken durchs Hirn, so waren es am Ende nur einer oder zwei, die mich beschäftigten. Oft aber war ich der eher quälenden Gedanken völlig enthoben. In gefesseltem Zustand nach dem Frühstück starrte ich, innerlich und äußerlich unbewegt, die Wand an.

Am vierten Tag erfolgte eine Aufheiterung: Im Anschluss an das Hanteltraining durfte ich jonglieren lernen. Jeden Tag kam der Meister mit drei kleinen schweren Bällen und zeigte mir eine Weile, wie man jonglierte. Es wurde kein Wort gesprochen, ich durfte ihm nur zusehen. Danach sollte ich selber probieren. Ich begann mit leichten Übungen. Am ersten Tag musste ich einen einzigen Ball auf bestimmter Höhe von einer Hand zur anderen werfen, dann zwei, zuletzt drei. Zu Beginn durfte ich zwei Stunden lang üben; nach drei Tagen, als ich das Jonglieren beherrschte, wurde die Übungszeit auf eine Stunde reduziert. Man könnte fragen, wozu der Quatsch mit dem Jonglieren? Da kann ich nur sagen – lieber eine Tätigkeit, lieber ein wenig Bewegung und Konzentration, als dumm rumsitzen und nichts tun. Ich war froh, eine Aufgabe zu haben, die mir Spaß machte, auch wenn es schwierig war, das Werfen der Bälle zu koordinieren. Jeden Tag freute ich mich auf diese Übung, sie schien mir überaus wichtig für mein seelisches Befinden. Ich freute mich auch auf das Essen, selbst wenn es mich kaum sättigte. Jede Abwechslung brachte ein wenig Freude in dieses absolut trostlose Dasein, das Spazierengehen war ebenso willkommen wie das Hanteltraining. Am schlimmsten waren in den ersten Tagen die Stunden des Gefesseltseins. Aber auch daran gewöhnte ich mich, wenn ich es schaffte, Gedanken, die sonst nur Unruhe brachten, wie Wolken an mir vorbeiziehen zu lassen. Eine Tortur blieb indes die Ziege vor dem Schlafengehen, ich verfluchte sie jedes Mal, wenn sie hereingeführt wurde, obwohl ich wusste, dass sie der Garant für guten Schlaf war. Wenn Verzweiflung aufkam, beruhigte ich mich, indem ich mir sagte, das alles dauere nur zwölf Tage, nicht länger. Sonja wusste, wo ich war, ich hatte ihr das Haus gezeigt.

Sosehr ich den Tag meiner Entlassung herbeigesehnt hatte – als es schließlich so weit war, beherrschte mich zunächst kein Hochgefühl und auch keine bange Erwartung, sondern eher wohlige Gleichgültigkeit. Natürlich freute ich mich, dass ich wieder ins Leben durfte, aber es war keine Euphorie, die mich beseelte, als ich dem Meister die Hand zum Abschied reichte. Ich wusste nicht, ob ich ihm dafür dankbar sein sollte, dass er mich fast zwei Wochen lang gequält hatte.

Das Hochgefühl kam erst, als ich sein Haus verlassen hatte und meine ersten Schritte in der Freiheit tat. Mit frischen Sinnen nahm ich die Welt ganz neu wahr, die Farben, Gerüche, Töne, so eindringlich und scharf, dass es nahezu wehtat. Die ersten Tage in Freiheit waren ein Fest der Sinne. Es war, als wollte mir die Brust vor Freude platzen. Jetzt spürte ich, was ich dem Meister zu verdanken hatte. Ich hatte gelernt, mich jeden Augenblicks zu erfreuen.

Doch wie lange würde diese Haltung bleiben? Konnte die Stimmung nicht bald kippen, vielleicht schon beim ersten Problem? Ich wusste es nicht, verwarf die Frage aber sofort und begann zu leben.

Um es vorwegzunehmen: Die neu erblühte Lebensfreude blieb mir nicht nur drei Tage, sondern Jahre. Tief, sehr tief hatten sich die Erlebnisse und Erfahrungen dieser Behandlung beim Meister in mein Gedächtnis, in meinen Körper eingegraben und wirkten fortan wie ein Impfstoff gegen Melancholie und Mutlosigkeit. Wenige Wochen nach meiner Entlassung brachte ich meine Schwester zum Glücksbringer. Er sah ihr sofort an, dass sie länger brauchen würde; für sie zahlten wir die doppelte Summe. Das Resultat rechtfertigte die Ausgaben allemal: Meine Schwester kam zuerst beklommen heraus, doch schon bald strahlte und lachte sie, umarmte mich freudig. Auf einem Spaziergang erzählte sie mir, zum ersten Mal seit Jahren habe sie wieder richtig durchgeschlafen. Die Welt sei ihr neu geschaffen worden, ihre Kümmernisse seien fortgespült, Körper und Seele rein. Trotz des uns auferlegten Verbots, über Einzelheiten zu sprechen, fragte ich sie, ob auch sie habe jonglieren lernen müssen. Nein, sagte sie, sie habe eine Gymnastik mit fließenden Bewegungen gelernt. Sie wurde auch nicht von einer Ziege geleckt, sondern musste täglich dreimal von einem Zehn-Meter-Turm ins Wasser springen. Dies überzeugte mich davon, dass der Glücksbringer nicht jeden gleich behandelte, sondern für jeden eine passende Methode parat hatte. Er musste ein Seelenkenner sein.

Der Erfolg bei der Schwester stärkte mein Vertrauen in den Meister, und fortan bemühte ich mich, jeden, der mit seinem Leben unzufrieden war, zum Glücksbringer zu schicken. Doch die meisten waren skeptisch oder zu geizig, sie ließen sich nicht überreden. Nun, man kann niemanden zu seinem Glück zwingen.

Mimosen

Ich saß im Theater und sah ein Stück, das ein Zeitgenosse von Schiller geschrieben hatte, Autornamen und Titel habe ich vergessen. Die Handlung war verwirrend, ständig kamen Leute auf die Bühne und redeten wie Fürsten, auch wenn es nur Bürgersleute oder Knechte waren. Ich glaube, es ging um eine Magd, die jemand geschwängert hatte. Vielleicht auch um ein Pferd, das der Hauptperson, einem Tuchhändler, entlaufen war. Und dann war auch die Rede von einem missratenen Sohn, einem Taugenichts, auf den alle schimpften. Ich muss zugeben, dass mir an jenem Abend die nötige Aufmerksamkeit fehlte. Das Stück war entsetzlich langweilig.

Meine Nachbarin zur Linken, eine junge Frau mit rotem Haar und Sommersprossen, durchaus hübsch, schüttelte immer wieder den Kopf, weil sie sich anscheinend über das Stück ärgerte. Als auf der Bühne gerade Stille herrschte – fünf Schauspieler saßen an einem Tisch und speisten –, rief sie laut: »Wie langweilig!« Jeder konnte es hören, auch die Akteure.

Augenblicklich erstarrten sie und rührten sich nicht mehr. Ein Raunen ging durch den Saal. Die Besucher begannen unruhig zu werden und sich zu räuspern. Wie Ölgötzen saßen die Schauspieler da und wollten nicht weitermachen. Buh-Rufe ertönten, Pfiffe.

Schließlich kam der Direktor auf die Bühne und sagte: »Meine Schauspieler sind sehr empfindlich. Wenn sie gekränkt werden, sind sie gelähmt. Sie können es nicht ertragen, mitten im Spiel kritisiert zu werden. Die Lähmung kann bis zu zwanzig Minuten anhalten. Ich bitte um Geduld und Verständnis. Ich bitte aber auch um mehr Toleranz. Es geht sicher gleich weiter.« Dann trat er ab.

Das Publikum murrte. Die Rothaarige neben mir hatte dem Direktor offenen Mundes gelauscht. Als er gegangen war, schnaufte sie verärgert. Einige Besucher in der Nähe, die genau wussten, dass sie es gewesen war, die mit ihrem Ausruf die Akteure beleidigt hatte, zischten ihr zu: »Hätten Sie nur Ihren Mund gehalten!«

»So langweilig ist das Stück auch wieder nicht.«

»Die armen Schauspieler.«

Ich aber war froh, dass das Stück unterbrochen worden war. Ich sagte zur Rothaarigen: »Das sind doch Mimosen und keine Schauspieler. Das Stück taugt nichts. Wollen Sie nicht mit mir einen Kaffee trinken gehen?«

Sie nickte und so verließen wir den Saal. Den Rest des Abends verbrachte ich mit ihr in einem Bistro. Es stellte sich heraus, dass sie Lehrerin am Gymnasium war. Um es kurz zu machen, diese Frau wurde meine Geliebte, einmal in der Woche durfte ich sie besuchen. Wie gut, dass es unter Schauspielern Mimosen gibt.

Hochzeitsnacht

Ich werfe mir mein rotes Seiden-Nachthemd über und schlüpfe unter die Bettdecke. Es ist nicht kalt, trotzdem fröstle ich. Die erste Nacht mit meinem Mann steht mir bevor. Seit zwölf Stunden bin ich mit Alexander verheiratet, seinen Kuss am Ende der Trauung meine ich noch immer zu spüren. Unruhig wandert mein Blick durchs Zimmer, bis er am Wächter, einer mannshohen Holzstatue mit aufgestellter Lanze, haften bleibt. Dieses Kunstwerk haben mir die Eltern vor Jahren aus Italien mitgebracht. Der Wächter soll mich schützen. In der Tat, es beruhigt mich, ihn in meiner Nähe zu haben. Ich bin sehr ängstlich. Manchmal stelle ich mir vor, wie er mit seiner Lanze auf einen Eindringling vorgeht. Im Schein der Nachttischlampe fällt von ihm ein großer Schatten auf die Wand.

Noch vor wenigen Monaten war ich verzweifelt, hielt mich für unfähig, einen Mann zu finden, der mich heiraten würde. Ich gehöre zu den übermäßig schüchternen, verschlossenen Frauen, zu jenen, die schon erröten, wenn sie von einem fremden Mann angeschaut werden. Und da ich mich sofort zurückziehe, wenn jemand einen Annäherungsversuch wagt, habe ich nie einen Mann kennen gelernt. Ich schaffe es einfach nicht, über meinen Schatten zu springen. Meine um zwei Jahre jüngere Schwester ist kühner. Sie hatte schon mit sechzehn ihren ersten Freund, mit achtzehn ihren zweiten, während ich allmählich versauerte. Letztes Jahr hat sie geheiratet. Meine Eltern sagten sich darauf: ›So geht das nicht weiter. Wenn Maria es nicht selber schafft, sich einen Mann zu angeln, dann müssen wir ihr helfen.‹ Das taten sie auch. Nach wenigen Wochen des Suchens fanden sie einen jungen Mann, von dem sie entzückt waren. Er komme aus einem ehrbaren, begüterten, konservativen Elternhaus und sei sehr attraktiv, sagten sie, er sei Leiter einer Maschinenbaufirma und hochkultiviert, vor allem habe er so wunderbar dunkle und trotzdem leuchtende Augen. Ich vertraute meinen Eltern, sie lieben mich, sie würden niemals eine falsche Wahl treffen. Sie luden Alexander zum Abendessen ein, damit ich ihn mir anschauen und mit ihm sprechen konnte. Sie hatten nicht übertrieben, er sah in der Tat gut aus, er war groß und schlank, wirkte sehr männlich, hatte eine tiefe beruhigende Stimme, aber wirklich beeindruckend waren seine großen, ungewöhnlich leuchtenden Augen. Ich war bezaubert, als er mir in seinem dunkelblauen Anzug im Sessel gegenüber saß und an seinem Whiskyglas nippte.

Wir trafen uns oft, besuchten klassische Konzerte, Museen und ein Tanzcafé, wo wir mehrere Stunden übers Parkett flogen. Alexander war ein vorzüglicher Tänzer. Kein Zweifel, wir mochten uns. Doch trotz unserer Verliebtheit haben wir bis zur Hochzeit nicht miteinander geschlafen. Das klingt sehr altmodisch, ich weiß, doch es war so.

Wir kamen schnell überein. Die Trauung sollte drei Monate später, im September stattfinden. Alles verlief nach Plan, und wir hatten eine wundervolle Hochzeit mit über hundert Gästen, alles Leute aus höheren Kreisen.

Nun liege ich also im Bett und warte auf Alexander. Ich frage mich: Würden seine Augen auch im Dunkeln leuchten? Wir würden uns lieben. Ich zittere. Zwar verlangt es mich nach Zärtlichkeiten – wie hatte ich mich in den letzten Jahren danach verzehrt! –, aber ich habe auch schreckliche Angst vor der Nähe. Beim Anblick des Wächters beruhige ich mich. Ich stehe unter seinem Schutz.

Endlich kommt Alexander aus dem Bad. Er ist ganz nackt! Als erstes macht er das kleine Licht auf dem Nachttisch aus. Was er dann tut, sehe ich im Mondlicht, das vom Garten her durchs große Fenster fällt und eckige Muster auf die Wand wirft. Alexander setzt sich mit dem Rücken zur Wand auf den Teppichboden und schraubt sich zu meiner Überraschung die Beine ab. Dasselbe tut er mit dem Kopf, den er dann vorsichtig mit beiden Händen auf ein bereitgelegtes Kissen platziert, zum Schluss klappt er mit der Rechten unterhalb der Brust eine Art Tür auf; sobald das geschehen ist, sackt der Rumpf in sich zusammen und die Arme sinken wie leblos zu Boden. Was dann geschieht, erfüllt mich mit Verwunderung und Entsetzen: Aus der Öffnung des Rumpfes kriecht ein kleines zitterndes Licht hervor und schwebt, am Wächter vorbei, in meine Richtung. Ich habe keine Ahnung, was das zu bedeuten hat, aber ich weiß genau: Das ist kein Traum!

Voller Panik beginne ich zu schreien.

Fahrt in die Stadt

Wir stiegen in die U-Bahn, die uns zum Marienplatz bringen sollte. Ohne Plan, ohne Absicht wollten wir, mein Freund Günther und ich, in die Innenstadt fahren. Die Leute merkten das, es stand uns wie auf der Stirn geschrieben. Ein älterer Herr mit Filzhut und Schnurrbart, der uns gegenüber saß, warnte uns, ohne Grund könne man da nicht reinfahren, es gebe jede Menge Kontrollen.

»Und wenn wir sagen: zum Einkaufen oder Besichtigen?«, fragte ich. »Das sind doch gute Gründe.«

Der Mann schüttelte den Kopf. »Das geht nicht. Die Zeiten sind vorbei. Denkt euch eine andere Absicht aus.«

Wir dachten angestrengt nach, uns wollte jedoch keine Absicht einfallen. Der Mann fasste sich an seine rote Nasenspitze und sagte: »Ganz einfach – ihr macht eine Umfrage, wie oft die Leute sich schnäuzen.« Wir zuckten die Schultern. Warum nicht. Aber dann am Marienplatz hatten wir doch nicht den Mut auszusteigen, schon auf dem Bahnsteig zeigten sich mehrere Sheriffs vom Wachpersonal. So fuhren wir bis zur Münchner Freiheit. Dort wurde ebenfalls kontrolliert. Frauen in roten Uniformen beäugten die Fahrgäste gründlich, wer nicht gescheit gekleidet war, wurde nach Hause geschickt. Günther musste sein Haar kämmen, ich dagegen musste meinen Hemdkragen in Ordnung bringen. Dann wollten zwei Männer in blauen Uniformen wissen, warum wir hier seien. Wir erzählten ihnen von unserer Umfrage. Unser Anliegen schien ihnen glaubhaft, sie ließen uns durch. Auf der Freiheit trieben sich in einem eingezäunten Gehege Penner herum, sie debattierten, soffen und grölten; auch einige Frauen waren unter ihnen. Passanten blieben stehen und schauten den Obdachlosen zu, als wären sie Tiere im Zoo, auch wir. Günther fragte die Penner zum Spaß, wie oft sie sich schnäuzten. Es stellte sich heraus, dass sie das Wort schnäuzen nicht kannten. Nur einer von ihnen, ein kleiner unrasierter Mann mit Brille, verstand uns, verweigerte jedoch die Aussage; das gehe zu weit, das sei ein Eindringen in die Privatsphäre. Ein anderer Penner, ein großer Dünner mit schulterlangem strähnigem Haar, verstand das Wort schnäuzen offenbar falsch; jedenfalls erklärte er sich bereit, uns seine Unterwäsche zu zeigen, gegen 'ne Bombe Rotwein versteht sich. Als wir ablehnten, beschimpfte er uns. Eine ältere Dame im Lodenmantel, die neben uns stand, war empört, dass wir den armen Penner erzürnt hatten. Sie hetzte ihre Bewacher auf uns, zwei wohlernährte und gepflegte Schäferhunde, die aussahen, als hätten sie eine Militärakademie absolviert. Wir flüchteten ins Hertie-Kaufhaus, die Hunde folgten uns bellend. Auf jedem Stockwerk hängte sich ein Detektiv an unsere Fersen. Wieder im Erdgeschoss angekommen, wurden wir mitsamt der Hunde von vier Detektiven aus dem Haus gejagt.

Danach hatten die Hunde keine Lust mehr, uns zu verfolgen und kehrten zu ihrem Frauchen zurück. Wir aber, völlig erschöpft von der Lauferei, setzten uns auf eine Bank.

»Mensch Freddy, ich habe Hunger. Lass uns essen gehen«, sagte Günther.

Ich war einverstanden. Wir brauchten nicht zu suchen, drei Fastfood-Restaurants befanden sich in der Nähe. Wir betraten das erstbeste und ließen uns zwei Hamburger geben. Leider hatten sich, ohne dass wir es bemerkten, drei Polizisten vor dem Restaurant aufgestellt. Es gab keine Fluchtmöglichkeit. Sie nahmen allen, die aus dem Lokal kamen, die Hamburger weg und bissen selber hinein. Zwei Beamte von der Bahnwache stürzten herbei und wollten auch einen Bissen haben. Während sie sich mit den Polizisten um die Hamburger prügelten, schlichen wir leise davon. So weit war es mit unserer Gesellschaft schon gekommen, dass hungrige Sicherheitsbeamte sich ihr Essen stehlen mussten.

Grimmig fuhren wir heim und öffneten eine Dose mit gebackenen Bohnen. Nach dem Essen wurde unsere Laune besser und wir schworen uns, nie wieder bis zur Münchner Freiheit zu fahren, schon gar nicht mit Absicht.

Offenbarung

Im April machte ich auf Mallorca allein Urlaub; meine Frau wäre gern mitgekommen, musste jedoch arbeiten; und ich wollte meine zwei freien Wochen nicht daheim verbringen. Den ganzen Tag fuhr ich mit dem Fahrrad kreuz und quer auf der Insel herum. Am Abend freute ich mich auf das Essen, das Hotel hatte eine gute Küche. In der ersten Woche saß ich mit einem Metzgerehepaar zusammen, das stets halb verhungert im Speisesaal erschien; in der zweiten Woche war es eine spindeldürre Frau mittleren Alters, die ein seltsam eingedrückt wirkendes Gesicht mit vielen Falten hatte. Im Laufe unserer Gespräche erfuhr ich, dass sie als Achtzehnjährige einen schlimmen Autounfall gehabt hatte, bei dem ihr Gesicht völlig verunstaltet wurde. Sie verdankte es allein den Künsten einiger Ärzte, dass sie sich wieder in der Öffentlichkeit blicken lassen konnte. Von Beruf war sie Psychotherapeutin. Da sie sich seit ihrem Unfall nebenbei mit Astrologie beschäftigte, wollte sie unbedingt wissen, welches Sternzeichen ich hätte.

»Raten Sie!«, sagte ich.

Sie überlegte, musterte mich und meinte: »Sie sind wahrscheinlich ein Löwe oder besser noch Stier, beim Aszendenten würde ich ebenfalls auf Stier oder Jungfrau tippen.«

»Stier? Ich bin am 13. Mai geboren.«

»Sehen Sie, Stier ist richtig. Wenn Sie mir noch sagen, um welche Uhrzeit, dann könnte ich Ihnen morgen auch den Aszendenten nennen. Ich habe meine Astrologie-Bücher immer dabei.«

»Oh, das weiß ich nicht. Da müsste ich meine Frau anrufen, damit sie auf der Geburtsurkunde nachschaut.«

Am Abend konnte ich ihr die Daten geben, die sie brauchte. Einen Tag später legte sie mir mein Kosmogramm vor. Verblüfft und ratlos betrachtete ich auf einem Blatt Papier mehrere Kreise mit einer Menge von Symbolen, Zahlen und farbigen Linien.

»Ich habe Recht gehabt«, triumphierte sie. »Sie sind ein doppelter Stier.« Dann deutete sie anhand einiger Symbole und Linien meinen Charakter. Ich staunte nicht schlecht; zum größten Teil stimmte es, was sie sagte. Aber dann fielen Sätze, die mich fast vom Stuhl warfen.

»So, wie ich es verstehe, sind Sie äußerst begabt, jawohl, Sie sind ein Genie! Sie werden große Taten vollbringen. Vielleicht haben Sie diese schon vollbracht. Mit ihrer geistigen Kraft können Sie ohne weiteres eine Revolution in Gang setzen. Sie gehören zu den Menschen, die unsere Welt voranbringen, wenn Sie nur wollen.«

Ich war ganz aufgeregt, meine Hände wurden feucht. »In welchem Bereich?« fragte ich leise.

Sie vertiefte sich im Kosmogramm, murmelte etwas von Mondknoten, Sonne und Häusern, und sagte dann: »Das ist nicht so leicht auszumachen. Es kann im künstlerischen Bereich sein, aber auch im technischen, beispielsweise Architektur. Auf alle Fälle zeigt sich bei Ihnen ein ungeheurer Gestaltungswille. Ähnlich wie bei Picasso.«

»Aha«, sagte ich und schwieg.

»Was sind Sie denn von Beruf?«, fragte sie und legte ihren Kopf schräg.

»Steht das nicht im Kosmogramm?«, fragte ich.

»Nein, so direkt nicht, aber ich könnte mir denken, dass Sie eine recht kreative Tätigkeit ausüben. In leitender Position.«

»Ich bin Postbeamter«, sagte ich und schämte mich ein wenig. »Ich organisiere die Paketzustellung in München.«

Sie nickte. »Sehen Sie, ich war ganz nahe dran. Leitende Position stimmt. Ich bleibe bei meiner Aussage. Warum sollte die Post nicht auch kreative Menschen beschäftigen? Es könnte allerdings sein, dass Sie nicht so recht zum Zuge gekommen sind.« Sie warf einen prüfenden Blick ins Kosmogramm und nickte. Dann erhob sie sich und trat ans Buffet, während ich wie gelähmt dasaß und die farbigen Linien auf dem Papier anstarrte.

Mir war ganz anders, als ich den Speisesaal verließ. Mein Brustraum schien größer geworden zu sein und damit mehr Luft fassen zu können, und mein Kopf kam mir auf einmal merkwürdig schwer und bedeutsam vor. Ich trat hinaus auf die Straße und ging zum Strand hinunter. ›Ich bin ein Genie‹, dachte ich. ›Warum nur erfahre ich das erst jetzt? Hätte man es mir gesagt, als ich noch jung war, hätte ich viel mehr Selbstvertrauen gehabt, ich hätte nicht nur die Fachhochschule, sondern auch das Gymnasium geschafft. Diese Offenbarung hätte mir so viel Auftrieb gegeben, dass ich bestimmt Architektur oder gar Physik studiert hätte. Darum also habe ich so gern mit Lego gespielt und ungewöhnliche Konstruktionen geschaffen, einmal sogar den ersten Preis bei einem Wettbewerb gewonnen. Darum habe ich durch Fernrohre in den Kosmos geschaut. Darum also bastle ich so gern.‹ Den Schrank in unserem Wohnzimmer hatte ich selber gebaut, die Kommode im Schlafzimmer ebenfalls. Jetzt war mir alles klar. Ein Verbrechen war es gewesen, mir dieses Wissen vorzuenthalten!

Nach der Rückkehr aus dem Urlaub erzählte ich meiner Frau von der Begegnung mit der Astrologin. Sie sagte: »Na, dann habe ich ja den Richtigen geheiratet. Aber das mit der Revolution lässt du schön bleiben. Sonst kriegst du es mit mir zu tun. Versuch lieber, mehr Geld zu verdienen.«

So lebe ich denn mit dem neuen Bewusstsein weiter. Es ist jedoch nicht angenehm mit der Gewissheit zu leben, dass man ein Genie ist, ohne große Taten zu vollbringen. Ständig grüble ich darüber nach, was ich tun könnte, um meine Gaben nicht ungenutzt zu lassen, aber mir fällt nichts Gescheites ein. Allenfalls, dass ich wieder anfangen sollte, mit Legosteinen zu spielen. Aber das würde weder meiner Frau noch unseren drei Kindern imponieren.

Inzwischen habe ich Trost in dem Gedanken gefunden, dass meine Begabung darin liegt, an meiner Bestimmung vorbeizuleben. Wer das schafft, muss in der Tat ein Genie sein.

Oder ein Trottel.

Das letzte Spiel

Steven Hunter war ein guter Schiedsrichter. Er pfiff in der höchsten Liga von England. Er hatte auch Länderspiele geleitet. Diesmal sollte er die Partie zwischen Werder Bremen und Spartak Moskau schiedsrichtern. Champions League.

Am Morgen fühlte er sich unwohl. Er hatte keinen Appetit, aß lustlos sein Omelett mit Tomaten, Paprika und angebratenen Zwiebeln, es schmeckte eigenartig, so nach Walnuss. Den Tag verbrachte er damit, sich die Stadt anzuschauen, im Café zu sitzen und seinen Lieblingsschriftsteller Gogol zu lesen. Vor dem Spiel war er noch immer müde und antriebslos, am liebsten hätte er sich hingesetzt und Tee getrunken. Aber dann, als er den Rasen im Weserstadion betrat, sagte er sich: ›Komm schon, alter Junge, das machst du mit links.‹

Anpfiff. Der Ball wechselte schnell die Seiten. Hunter kam ins Keuchen, das Laufen kostete ihn mehr Kraft als sonst, der Körper wollte ihm nicht immer gehorchen; mehrmals stolperte er, konnte sich aber in letzter Sekunde fangen. Bei einem Einwurf für Bremen passierte es. Da wurde nicht der Ball eingeworfen, sondern ein Hut, genauer gesagt eine Melone. Ohne Zweifel. Viele seiner Landsleute trugen Melonen; sein Vater war nie ohne Melone aus dem Haus gegangen. Hunter hatte schon Luft in der Lunge gesammelt, um einen schrillen Pfiff ertönen zu lassen, aber im letzten Moment hielt er sich zurück, denn sowohl die Fußballer als auch die Linienrichter benahmen sich so, als wäre alles in bester Ordnung. Die Spieler bolzten die Melone übers Feld, sie flog genauso schnell wie ein Lederball. Seltsam. Hunter blieb stehen und rieb sich die Augen.

Eckball. Der Bremer Flügelspieler Neugebor trat ihn. Doch was war das? Es war keine Melone mehr, sondern ein Globus mitsamt Ständer. Hunter wunderte sich. Das war doch der Globus, der sonst auf seinem Schreibtisch stand. Wie oft hatte er ihn gedreht und die Landmassen der sechs Kontinente studiert. Wie kam die Kugel hierher? Und warum brachen die Sportler das Spiel nicht ab? Da! Der russische Verteidiger Bokov köpfte den Globus zur Feldmitte. Sein Kopf krachte voll gegen den Ständer, aber offenbar hatte Bokov keine Schmerzen. Da stimmte etwas nicht. Hunter lief dem Globus nach, um festzustellen, ob es wirklich seiner war. Wurde hier ein Scherz mit ihm getrieben? Hatten sich alle gegen ihn verschworen, hatten sie den Globus aus seinem Studierzimmer geraubt und hierher gebracht? Nein, sie benahmen sich ganz normal. Wo war die kleine Erdkugel? Hunter hatte sie aus dem Blickfeld verloren. Da! Um Gottes willen – jetzt war es kein Globus mehr. Nein, jetzt war es ein silbern glänzender Kochtopf mit Griff. Hunter fiel die Pfeife aus dem Mund. Noch mehr erschütterte ihn, dass einfach weitergespielt wurde. Sollte er nicht abpfeifen? Er zögerte. Weder Spieler noch Zuschauer beschwerten sich. Und wenn sie ihn reinlegen wollten? Jedes Mal, wenn ein Spieler gegen den Kochtopf trat, klapperte es, jedes Mal, wenn der Topf geköpft wurde, machte Hunter die Augen zu. Aber keiner der Spieler brüllte vor Schmerz. Der Topf war jetzt im Bremer Strafraum. Da, ein Foul! Meckelmann hatte den russischen Stürmer Ovtschinnikov am Trikot festgehalten. Der Linienrichter zeigte das Foul an, und auch Hunter hatte es deutlich registriert. Pfiff.

Hunter zeigte Meckelmann die gelbe Karte und wies auf den Elfmeterpunkt. Der Spieler schrie auf und spuckte wütend aus. »Haben Sie denn gesehen, was der Kerl gemacht hat? Der hat mir den Arm eingeklemmt«, rief Meckelmann. Auch andere Bremer Spieler kamen angelaufen und protestierten.

»Wir spielen hier keinen Mädchenfussball«, rief der Bremer Mannschaftskapitän.

Hunter zeigte stur auf den Elfmeterpunkt. Jetzt konnte er sich den Kochtopf aus nächster Nähe anschauen. Vielleicht hatte er sich geirrt. Aber selbst wenn es nur eine Halluzination war, musste er sich fragen, wie es dazu gekommen war. Er hatte doch keine Drogen genommen, war geistig klar, spielte oft Schach, las neben Gogol Shakespeare und Tolstoj.

Einer der Moskauer Spieler nahm den Ball, nein, es war noch immer ein Kochtopf, verdammt, und legte ihn sorgfältig auf den Punkt. Hunter überlegte. Was sollte er tun? Er fragte den Moskauer Spieler: »Ist mit dem Ball alles in Ordnung?« Der russische Spieler zuckte die Schultern. Natürlich, der Ball liegt goldrichtig. Na gut, soll er ihn also treten. Aber wenn der Topf dem Torwart an den Schädel flog, bestand da nicht Verletzungsgefahr? Na wenn schon, ein Rückzieher war nicht mehr möglich. Vielleicht war es ja doch ein Ball. Oh, verflucht, ein schlechter Tag. In der Pause wollte Hunter ein Glas Wasser trinken, Wasser war immer gut, um geistig klar zu werden.

Der Moskauer Spieler nahm Anlauf. Um Gottes willen, da lag ja gar kein Topf mehr, sondern eine Katze! Eine schwarz-weiße Katze, zusammengerollt. Mit voller Wucht wurde sie getreten. Sie schrie auf, fast hätte sich Hunter die Ohren zugehalten. Die Katze flog am Torwart vorbei ins Netz, verfing sich mit allen Vieren darin, bevor sie kraftlos herunterfiel. Hunter hörte noch immer ihre Schreie. So konnte das nicht weitergehen, er musste das Spiel abbrechen. Er rannte zum Tor, um das arme Tier anzuschauen und dann einen Sanitäter zu rufen. Doch siehe da – die Katze hatte sich in den Ball zurückverwandelt.

Hunter wischte sich mit dem Handrücken die Stirn ab. Dies war das schlimmste Spiel, das er je gepfiffen hatte. Er überlegte, ob er seine Schiedsrichter-Karriere nicht ab sofort beenden sollte. Doch bis zur Pause lief alles normal. In der Kabine saß er auf einer Bank und trank Wasser. Ihm kam ein Gedanke, der alles zu erklären schien: Das Omelett von heute früh, man hatte ihn sicher vergiftet, Heroin oder LSD hinein getan oder irgendein anderes Nervengift. Daher der seltsame Geschmack. Steckte womöglich die russische Mafia dahinter?

Wieder auf dem Rasen, fühlte er sich besser; das Wasser hatte offenbar eine geistige Reinigung bewirkt. Hunter war der Meinung, wieder voll in Ordnung zu sein. Er nickte zufrieden, seine Schiedsrichterlaufbahn konnte er getrost fortsetzen. Zu Beginn der zweiten Hälfte trug er einen normalen Lederball auf den Rasen. Heimlich ballte er die Faust und flüsterte: »Na also, du bist in Ordnung, alter Junge.«

Die erste Viertelstunde verlief normal, er pfiff alles, was es zu pfeifen gab. Die Spieler hatten Achtung vor ihm, das spürte er. Aber kurz vor Ende des Spiels begann der Horror von neuem:

Hinterwühlbeck, der Torwart von Werder Bremen, führte einen Abstoß aus. Doch trat er nicht den Ball, sondern – ein Brathähnchen. Hunter blieb stehen und verzog sein Gesicht. Nein, nicht schon wieder! Im nächsten Moment musste er sich ducken, um nicht vom Hähnchen am Kopf getroffen zu werden. Wenig später rannten die Spieler einem runden Lampenschirm aus hellem Stoff nach. Die Bremer schossen den Schirm ins Netz der Gegner. Eins zu eins. Seltsam, dass der Schirm nicht kaputt ging. Nach erneutem Anpfiff war es ein Blumenkohl, der trotz härtester Tritte nicht auseinander brach. ›Das musste ein Plastik-Gemüse sein‹, sagte sich Hunter. Noch neun Minuten zu spielen. ›Egal was kommt‹, dachte er, ›ich bringe dieses Spiel noch zu Ende und gehe dann zum Arzt.‹ Als drei Minuten vor Schluss ein menschlicher Totenschädel gegen die Torlatte krachte, dem die Zähne heraussprangen, hatte Hunter genug. Er beschloss, das sollte endgültig sein letztes Spiel sein. Nachdem er abgepfiffen hatte, sank er auf den Rasen, kniff die Augen zu und kreuzte die Arme über dem Kopf, bis zwei Sanitäter kamen.

So endete Hunters letztes Spiel. Von Beruf Abteilungsleiter bei Ford, ließ er sich von seiner Firma beurlauben und ging zwei Jahre später in Rente. Manchmal sah er sich ein Fußballspiel im Fernsehen an, aber nie bekam er Lust, wieder mit Pfeife aufs Feld zu gehen. Stattdessen befasste er sich mit dem literarischen Werk von Nikolai Gogol, das ihm größte Befriedigung schenkte. ›Seltsam‹, dachte er, ›manchmal weiß man gar nicht, was man wirklich will. Bis man mit der Nase darauf gestoßen wird.‹

Hurra, der Krebs ist da!

Dr. Wohlgesandt blickt von den Papieren auf, die vor ihm auf dem Tisch liegen. Lothar merkt, dass der Arzt befangen ist und sich offenbar nicht traut, die Wahrheit zu sagen.
»Doktor, Sie brauchen keine Rücksicht zu nehmen. Ich will es hören, auch wenn es schlimm ist. Bitte.«
Dr. Wohlgesandt hüstelt und sagt dann mit krächzender Raucherstimme: »Also gut. Ich sag's Ihnen, wie es ist. Es hätte ja auch keinen Sinn, drumherum zu reden. Sie haben Krebs im fortgeschrittenen Stadium.« Lothar schluckt, er ahnt, was jetzt kommt. Und dann peitschen ihm die Worte des Arztes wie Kugeln aus einer tödlichen Waffe um die Ohren. Unheilbar, Metastasen überall, mehrere Organe befallen, ein halbes Jahr Lebenszeit bleibe ihm noch, in den letzten Wochen vor dem Ableben seien arge Schmerzen zu erwarten, doch dafür gebe es schmerzlindernde Mittel. Lothar hört nicht mehr hin. Er fühlt sich wie auf einem Surfbrett in den Kosmos geschossen. Nur seltsam: Er spürt nichts, kein Entsetzen, keine Verzweiflung, keine Trauer, ganz im Gegenteil. Die Nachricht wirkt wie eine Befreiung. Obwohl er versucht, ernst zu bleiben, muss er grinsen. Mit strahlender Miene drückt er dem alten Wohlgesandt die Hand und verlässt die Praxis. Geschockt bleibt der Arzt zurück und muss eine Zigarette rauchen; dass jemand bei einer Krebsdiagnose derart souverän reagiert, hat er noch nie erlebt.

Lothar geht als Erstes in eine Kneipe und trinkt Weißbier. ›Leben ade‹, sagt er sich. Eigentlich sollte er ein gebrochener Mann sein, einer, der sich die Haare rauft, aber so sehr er sich bemüht, Trauer aufkommen zu lassen, die gute Stimmung will nicht verschwinden. Im Gegenteil. Euphorie bricht hervor, zuerst als kleine Flamme, dann groß wie ein Osterfeuer, mit Knallfröschen gespickt.

Endlich kommt Bewegung in sein Leben. Im Taschenkalender schaut er nach. Ein halbes Jahr, hat der Doktor gesagt. Demnach wäre der 19. September Stichtag. Im Oktober schon würde er in jenseitigen Gefilden wandeln und zu neuen Ufern aufbrechen. So stellt er sich das vor. Die rätselhafteste aller Reisen begänne. Oder etwa nicht? Käme wider Erwarten das Nichts, wäre das auch gut. Dann hätten Schmerz und Langeweile ein Ende. Hurra! Schluss mit dem trübsinnigen Leben. Er hebt das Glas und nimmt einen großen Schluck.

In den letzten Jahren hat er vor Überdruss nicht gewusst, was er tun sollte. Seine Arbeit als Buchhalter in einer kleinen Firma ödete ihn an, aber auch in der Freizeit wusste er nichts Rechtes mit sich anzufangen. Manchmal fuhr er in die Berge, da sah er wenigstens eine grandiose Landschaft, etwas Imposantes. Traude, seine Frau, fuhr nicht mit, die hatte es mit der Kultur, rannte ins Kino, in Ausstellungen, in Konzerte, um mitreden zu können, tat Dinge, die ihn nicht im Geringsten interessierten. Die Kinder waren aus dem Haus, es war ruhig und still um ihn herum geworden. Wechseln konnte er seine Arbeit nicht, fühlte sich zu alt und nicht kräftig genug, neue Aufgaben zu meistern. Zweimal im Jahr fuhren Traude und er in den Süden, nach Spanien, Griechenland oder Italien. Sonne war wichtig. Früher. Jetzt machen ihm auch die Reisen keinen Spaß mehr.

Mit seiner Frau redet er nur wenig. Sie haben sich nichts zu sagen, in fünfundzwanzig Jahren Ehe hat man sich ausgesprochen. Nichts interessiert ihn wirklich. Nicht einmal das Ozonloch. Oder Fußball. Oder ein Erdbeben. Einmal in der Woche geht er in den Schachklub, siegt oder verliert, ohne etwas zu empfinden, es ist einerlei, wie die Spiele ausgehen. Wenn der Gegner einen Zug macht, muss er reagieren; wenn im Büro Zahlen auf dem Bildschirm erscheinen, muss er die Bilanzen aufstellen. So ist das. Einfach langweilig! ›Der Krebs kommt gerade zur rechten Zeit, der hat mir gefehlt‹, sagt er sich und verlässt das Lokal.

Am Abend erzählt er Traude von seiner Krankheit. Sie bricht zusammen. »Ogottogott. Du Armer.« Sie heult, umarmt Lothar, will ihn trösten. Der aber lacht nur und sagt, bis zu seinem Ableben seien es etwa 180 Tage. Die wolle er richtig leben, sozusagen aus dem Vollen schöpfen.

Sie ist verblüfft: »Freust du dich etwa?«

»Na klar. Ich glaub, das wird aufregend. Wie es drüben aussieht, meine ich.«

»Und was wird aus mir? An mich denkst du wohl gar nicht.«

»Du kannst ja weiterleben wie bisher. Ins Kino, in Konzerte, ins Theater gehen. Schweinshaxe mit Sauerkraut essen. Kriegst die Lebensversicherung ausgezahlt und später die Rente.«
Traude bricht nochmals in Tränen aus. »Buhu, ich will aber nicht, dass du gehst. Und du Saukerl freust dich auch noch. Du hast mich nie geliebt.«
»Unsinn. Ich warte da oben auf dich, mache inzwischen einen Spaziergang. Wirst sehen, die Zeit vergeht schnell.«
Traude rennt heulend aus dem Zimmer. Lothar fragt sich, warum Weiber immer so übertreiben müssen. Er setzt sich neben sie aufs Bett und versucht sie zu trösten. Sie stößt ihn von sich. Da zuckt er die Schultern und geht ins Arbeitszimmer. Auf dem Kalender an der Wand, den er zu Weihnachten von Traude bekommen hat – es sind Bilder mit afrikanischen Landschaften und Tieren – streicht er sich den 19. September an. Genau 183 Tage. Er will jeden Tag anstreichen.

In der Firma erzählt er seinen Kollegen, dass er bald eine längere Reise antreten werde, und zwar nach Tasmanien. Die Wahrheit kann er niemandem erzählen, sie würden alle entsetzt zurückweichen und ihm nicht mehr in die Augen schauen können. Das will er nicht, das wäre zu komisch, er würde glatt anfangen sie auszulachen. So erzählt er eben, dass er nach Tasmanien reisen werde, um dort Fauna und Flora zu studieren. Tasmanien ist der fernste und verlockendste Ort, den er im Atlas gefunden hat.

Die Zeit vergeht. Mit jedem Tag wächst die Freude, und er stellt sich vor, was ihn wohl erwartet. Es ist genauso wie in der Kindheit, als er von den Eltern ein Fahrrad zu Weihnachten geschenkt bekommen sollte. Er träumte von diesem Fahrrad, zählte jeden Tag, der verging und Weihnachten näher brachte. Er malte sich aus, machte Pläne, wohin er mit seinem Rad fahren und was er transportieren würde. Das war eine erfüllte Zeit.

Jeden Morgen beim Aufwachen flüstert Lothar eine Zahl, nämlich die Anzahl der Tage, die ihn noch von seinem Ableben trennen. Und am liebsten würde er die Zahl jedem auf der Straße zurufen, wie er das als Bundeswehrsoldat getan hatte, um seine restlichen Diensttage kundzutun. Aber er weiß, die Leute würden ihn nicht verstehen, und Traude wäre eingeschnappt.

Eine Studentin aus Australien, die im Betrieb ein Praktikum macht, erzählt ihm, Tasmanien sei früher eine Strafkolonie gewesen. Lothar findet das lustig. Er findet alles lustig. Sein Leben hat Farbe bekommen, alles strahlt im Lichte der Vorfreude. Er traut sich Dinge zu tun oder zu sagen, die er früher nie getan oder gesagt hätte. Dem Direktor, der oft über die mangelnde Disziplin der Mitarbeiter klagt, schlägt er vor, freundlicher zu sein, weniger zu reden, weniger zu zappeln und seine Angestellten nicht mehr herunterzuputzen, da würde die Disziplin sprunghaft zunehmen. Gertrud, der Leiterin des Personalbüros, die Mobbing betreibt und schon zwei Kolleginnen rausgeekelt hat, kneift er in den Nacken und fragt: »Na, schon gekotzt heute?« Und der schönen Manuela, der er vor Verlegenheit nie in die Augen schauen konnte, macht er ein Kompliment und lädt sie zum Kaffee ein. Und sie sagt ja. Vor Freude springt er in die Luft und knallt die Hacken zusammen. Und jeden Tag stellt er sich vor, was ihn wohl nach dem Tode erwartet. Vielleicht eine schöne Frau, die ihn mit einem Striptease verführt? Oder kommt er wieder zur Welt? Vielleicht als Krokodil? Auf einem anderen Planeten vielleicht? Es war aufregend, sich das alles vorzustellen.

Die Freude wächst, je näher der Stichtag rückt. Bald würde er die Augen schließen und aus diesem öden Leben scheiden. Nur seltsam, dass er auf einmal so viel Spaß hat. Er genießt jeden Tag, atmet tief die frische Luft ein, beobachtet wohlwollend die Kinder, die im Hof Fußball spielen. Spricht mit den Leuten, auch mit denen, die ihm früher unangenehm waren. Geht viel im Park spazieren, freut sich an den Enten und Schwänen auf dem See. Warum hat er das alles nicht schon früher getan – Manuela eingeladen, dem Chef auf die Füße getreten, der Schreckschraube Gertrud in den Nacken gekniffen?

Am Abend schaut er sich mit Traude schöne Filme an, oder er geht mit ihr ins Theater. Traude ist selig. Endlich macht ihr Mann Dinge, die sie mag. Im Gegenzug fährt sie mit ihm am Wochenende in die Berge. Das wiederum gefällt ihm. Er zeigt ihr die schönsten Panoramen.

Doch die gute Zeit ist bald vorbei. Lothar bekommt Zahnschmerzen. Und was für welche! Der Zahnarzt stellt fest, dass auf der linken Seite gleich zwei Weisheitszähne durchgebrochen sind. Blut und Eiter laufen aus der Wunde. Da die Schmerzen nahezu unerträglich sind, lässt sich Lothar die beiden Zähne ziehen. Zwei Monate vor dem Stichtag. Bei der Operation gibt es Komplikationen. Die Zähne wollen sich einfach nicht entfernen lassen, so fest sind sie im Kiefer verwurzelt. Auch nachdem der Kieferorthopäde sie zersägt hat, weigern sie sich, die Mundhöhle zu verlassen; sie müssen regelrecht herausgebrochen werden. Dazu wird Lothar auf einer Liege festgeschnallt. Als er wieder frei kommt, hat er das Gefühl, der dritte Weltkrieg habe in seinem Mund stattgefunden. Der junge Arzt sitzt schweißüberströmt auf seinem Stuhl und raucht, ihm zittern die Hände. Als Lothar geht, murmelt er dem Arzt schuldbewusst zu, dass es ihm leid tue.

Dann wankt er nach Haus. Seine Backe wird dick, so dick, dass man meinen könnte, er habe einen Tennisball im Mund; und sie wird grün und blau, besonders unterhalb der Augen. Für drei Wochen ist er krankgeschrieben, kann nichts mehr essen, weil er vor Schmerzen den Mund nicht zu öffnen vermag. In dieser Zeit nimmt er zehn Kilo ab. Freunde, die ihn besuchen, glauben, er habe sich mit Neonazis geprügelt.

Als er wieder arbeitet, lachen die Kollegen und sagen: »So lässt man dich nicht nach Tasmanien rein, so nicht, die nehmen nur gesunde Sträflinge.«

Obwohl sich Lothar in dieser Zeit körperlich nicht sehr wohl fühlt, ist er zuversichtlich und freut sich nach wie vor auf sein Ende. »Dreiundvierzig Tage« hört ihn Traude eines Nachts im Halbschlaf sagen. Sie heult oft, wenn sie allein ist, klagt den Freunden ihr Leid. »Und der Kerl freut sich auch noch. Ist doch pervers, oder? Wahrscheinlich ist er furchtbar unglücklich mit mir«, sagt sie ihnen. Dass sie häufiger miteinander schlafen als früher, verschweigt sie.

Auch im Hinblick auf Traude ist Lothar zuversichtlich. Nach seinem Tod wird sie zwar einige Wochen darniederliegen, aber dann wird sie sich schon wieder dem Leben zuwenden. Sie ist ja noch attraktiv. Vermutlich angelt sie sich den Hermann. Der ist zwar gebunden, aber mit seiner Heidrun ist er kreuzunglücklich. Die wird er dann verlassen und bei Traude einziehen. Traude mochte den Hermann schon immer sehr gern. Außerdem ist er ein guter Handwerker. Traude mag Handwerker. Hermann würde ihr zu Liebe alle drei Monate die Möbel umstellen und die Bilder umhängen; und er würde alle defekten Gegenstände reparieren. Er, Lothar, darf in der Wohnung nichts mehr anrühren, wenn es etwas zu richten gibt. Eine Lampe, die er einst an der Decke im Bad aufhängte, fiel nach ein paar Wochen herunter, ein Regal, das er an der Wand befestigte, hing schief, und ein Liegestuhl, den er für seine Frau im Garten aufstellte, brach zusammen. So ließ er, seit Traude das Verbot ausgesprochen hatte, die Finger von allem, was reparaturbedürftig war.

Drei Wochen vor dem Stichtag steht Lothar wieder fest auf den Beinen, fühlt sich wunderbar, könnte sogar seine Traude hochheben, die alles andere als ein Leichtgewicht ist. Fragt sich nur, wieso der Arzt gemeint hatte, in den letzten Wochen würde er, Lothar, arge Schmerzen haben; in dem Fall solle er sich von ihm Morphium besorgen. Aber Lothar hat keine Schmerzen, sie wollen einfach nicht kommen. ›Ob da etwas nicht stimmt?‹, fragt er sich in bangen Momenten. Die Freude auf den Tod ist jedenfalls wieder voll erblüht. Täglich malt er sich aus, was ihn wohl erwarte, wenn seine Seele den Leib verlasse. Er würde bestimmt fliegen, rauf und runter wie auf einer Achterbahn. Oktoberfest. Wunderbar. Einen Rausch würde er haben, einen Vollrausch wie nach drei Maß Bier. Einmal träumt er am helllichten Tag davon, wie er Gott gegenübersteht. Den Herrn stellt er sich vor wie den alten Tolstoj, ein dickliches Männlein mit Rauschebart. Na, dem würde er die Meinung sagen, ihm eins in die Fresse geben. Es käme vielleicht zu einem Boxkampf, Satan würde Schiedsrichter spielen. Gott in viel zu großen Boxershorts, der Hosenbund auf der Höhe vom Brustbein, kaum Fläche, auf die er schlagen könnte. Jeder Treffer, den Lothar landet, steht für etwas. Nimm dies – für den qualvollen Tod meiner Mutter, und dies – für die seelische Folter, die ich in der Schule ertragen musste, und dies – für meinen Freund Gerhard, der für nichts und wieder nichts bei einem Autounfall starb. Und Gott zeigt sich als Wesen mit großartigen Nehmerqualitäten. Satan greift immer wieder ein, zuweilen total ungerecht, zuweilen mit komischen Sprüchen. »Das war ein Kanonenschlag, die sind verboten«, ruft er, oder: »Du hast dreimal getroffen, jetzt ist Gott

wieder dran.« Wenn Satan wegschaut, schreckt Gott nicht davor zurück, sich regelwidrig zu verhalten, zu treten und zu beißen.
Lothar beschwert sich: »Gott hat mich getreten!«
Satan: »Was ich nicht seh', tut mir nicht weh.«
Lothar: »Aber mir, du Knallkopf.«
Satan: »Knallkopf? Das gibt einen Strafpunkt.«
Lothar: »Du bist auf Gottes Seite. Du bist parteiisch.«
Satan: »Genau. Gott ist dir gegenüber im Nachteil. Ich stütze die Schwachen. Kapiert?«
Lothar sagt sich, was Gott kann, kann ich auch, und fängt an, Gott zu beißen. Als Erstes beißt er ihm das Ohrläppchen ab. Gott schreit auf.
Lothar spuckt das Ohrläppchen sofort wieder aus, so salzig schmeckt es.
Satan: »Hättest wohl nicht gedacht? Gott ist eben das Salz der Welt.«
Manchmal versteckt sich Gott hinter Satan, hält sich an ihm fest. Und Satan kreischt: »Nicht kitzeln! Ich bin doch so empfindlich.«
Lothar, der im Büro an seinem Schreibtisch gesessen hat, kommt zu sich und wundert sich über den seltsamen Tagtraum. ›Ob man Gott nach dem Tode endlich die Meinung sagen, ihn vielleicht schlagen darf? Dabei heißt es doch immer, man müsse für seine Sünden büßen. Gott sieht bestimmt nicht so aus wie ein Mensch. Eher wie ... wie eine Stinkmorchel oder ein Schimmelpilz.‹ Na, Schluss mit den Spekulationen, er würde es ja bald erleben. In drei Wochen wäre es soweit. Seltsam, noch immer hat er keine Schmerzen, er fühlt sich so wohl wie noch nie.
Am Stichtag geschieht nichts. Am Tag darauf auch nichts. Auch drei Wochen später ist er nicht gestorben. »Bin noch immer da, komisch«, sagt er jeden Morgen. Traude ist selig, für jeden Tag, den er weiterlebt, spricht sie ein Dankgebet. Im Büro fragen sie schon, warum er denn nicht nach Tasmanien fliege. Verschoben, verschoben, sagt Lothar nur.
Schließlich geht er zum Arzt. Nach langer und gründlicher Untersuchung macht Dr. Wohlgesandt eine erstaunliche Entdeckung: Der Krebs ist fort. Lothar darf weiterleben. Völlig fertig mit den Nerven, raucht der Arzt erst mal eine Zigarette, dann drückt er

Lothar die Hand und fragt: »Wie haben Sie das gemacht? Ein Wunder. Ich muss das wissen, bitte, tun Sie mir einen Gefallen, und erzählen Sie mir haarklein, was Sie in dieser Zeit gemacht haben, welche Nahrung, welche Medizin, welche Getränke Sie zu sich genommen haben, wie viel Sie geschlafen haben, äh, natürlich auch mit Ihrer Gemahlin, hehe, oder was weiß ich mit wem. All das ist wichtig. Sie sind ein ungewöhnlicher Fall. Ich werde einen langen Artikel für eine Mediziner-Zeitschrift schreiben.« Lothar erzählt ihm alles.

Aber er ist untröstlich, kommt mit hängendem Kopf nach Hause. »Ich werde die Reise nicht antreten. Der Krebs ist weg. Weiß der Teufel, wie das passieren konnte.«

Traude umarmt ihn und weint vor Freude. »Wir werden die Reise irgendwann gemeinsam antreten«, flüstert sie. »Morgen wird eine tolle Ausstellung eröffnet. Da gehen wir hin.«

Lothar überlegt und strahlt auf einmal. ›Ach, was bin ich dumm‹, denkt er und küsst seine Frau.

Der Einbrecher

Monika liegt im Bett und kann nicht schlafen. Sie ist drei Tage früher aus dem Urlaub zurückgekommen. Eigentlich wollte sie nach dem Wochenende in Südtirol weiter nach Florenz zu ihrer Freundin Lucia, aber sie konnte nicht. Peter hat Schluss mit ihr gemacht. Und das nach fünf Jahren. Am Wochenende wanderten sie gemeinsam im Pustertal, alles schien bestens, und dann beim Abschied – peng! – der Satz: »Das ist unser letztes Treffen, Monika, meine Frau hat mich vor die Wahl gestellt.« Einfach so, ohne Ankündigung. Fünf Jahre lang haben sie sich zweimal pro Woche getroffen, meist kam er zu ihr, oder sie trafen sich im Café, im Theater, im Kaufhaus; stets hoffte sie, Peter würde sich eines Tages von Frau und Kindern trennen und zu ihr ziehen. Lass uns noch warten, sagte er, wenn sie ihn drängte. ›Dieser Heuchler. Er hat mich nur hingehalten‹, denkt sie. ›Und ich blöde Kuh habe mich hinhalten lassen, habe alles geglaubt. Die ganzen Jahre habe ich mich selbst betrogen. Ich bin ja so blöd.‹ Sie stellt sich vor, wie sie zur Strafe abgewatscht wird. Sie stellt sich auch vor, wie sie Peter mit einer Pistole erschießt.

Sie wälzt sich, denkt nach. Nie wieder würde sie ihn sehen, nie wieder für ihn kochen, mit ihm Scrabble oder Dame spielen, mit ihm lachen, nie wieder würde sie seine Haut spüren. Alles scheint ihr trostlos, sie möchte schreien.

Plötzlich hört sie ein Geräusch aus dem Wohnzimmer. Was war das? Hat sie die Tür zur Loggia offen gelassen? Sie steht auf und will nachschauen. Als sie das Licht anmacht, zuckt sie zusammen. Da steht ein Mann mit Taschenlampe und Stemmeisen im Wohnzimmer, geblendet hält er sich einen Arm vor das Gesicht. Offensichtlich ein Einbrecher. An der Tür zur Loggia ist ein Stück Glas säuberlich herausgeschnitten worden. Der Mann rührt sich zuerst nicht. Dann lässt er den Arm langsam sinken; er scheint überrascht, jemanden in der Wohnung anzutreffen. Monika prallt erschrocken zurück, weiß nicht, wie sie reagieren soll. Noch im-

mer rührt sich der Mann nicht. Da schwindet ihre Angst, und sie gibt einem inneren Impuls nach.
»Was wollen Sie? ... Sie haben hier nichts zu suchen!«
Der Mann antwortet nicht, steht da wie eine Statue. Auf dem Rücken trägt er einen schwarzen Rucksack. Sie mustert ihn von oben bis unten. Schmales Gesicht, Kinnbart, dicke Lippen, dunkelblonde Locken, rotes Hemd, brauner Pullover, sandfarbene Cordhose, schwarze Sportschuhe. Sein Alter schätzt sie auf fünfunddreißig. Er sieht gar nicht schlecht aus, findet sie.
»Ist Ihnen nicht gut? Setzen Sie sich doch. Wollen Sie etwas zu trinken? Ich bringe Ihnen einen Saft, oder besser ein Bier.« Sie geht in die Küche. ›Entweder er haut ab, oder er schlägt mich nieder‹, denkt sie. ›Das ist mir wurscht.‹
Als sie mit einem Bier und zwei Gläsern zurückkommt, sitzt er im Sessel und wartet. Sie freut sich.
Der Einbrecher räuspert sich. »Äh, wieso ... wieso sind Sie zu Hause? Man hat mir gesagt, dass Sie erst in einigen Tagen zurückkommen.« Er spricht mit leichtem Akzent. Sicher ein Osteuropäer. Seine Stimme klingt angenehm.
»Wer hat Ihnen das gesagt?«
Er zuckt die Schultern und macht eine wegwerfende Geste mit der Hand.
Sie heben das Glas und trinken.
»Was haben Sie denn gesucht?«
Er schaut sie an, als habe er nicht richtig gehört. Dann sagt er zögernd: »Geld und Schmuck.«
»Ich bin früher aus dem Urlaub zurückgekommen. Hatte Streit mit meinem Geliebten. Der hat mir einen Korb gegeben. Nach fünf Jahren. Einfach so.«
Der Einbrecher dreht den Kopf zur Seite, schaut sich den Schrank an. Ihre Privatgeschichten scheinen ihn nicht zu interessieren. Er trinkt sein Bier aus. »Dann gehe ich.«
»Warten Sie! Wollen Sie nicht etwas zu essen? Vielleicht ein Brot mit Wurst oder Käse?«
Der Mann schnauft vor Verblüffung. Dann schüttelt er den Kopf. »Nein, nein.«
»Ich dachte, Sie suchen Schmuck?«

»Nicht, wenn Sie dabei sind.«
»Und wenn ich wegschaue?«
Dem Einbrecher fehlen die Worte. Nach einer Weile schüttelt er den Kopf. »Damit Sie dann die Polizei rufen und ich auf frischer Tat ertappt werde. Na, darauf falle ich nicht rein.«
»Ich schwöre, ich werde keine Polizei rufen.«
»Kapier ich nicht.«
»Suchen Sie.«
»Nein, ich gehe. Vielen Dank fürs Bier.« Er steht auf. »Wann fahren Sie wieder in Urlaub?«
»Bleiben Sie da!«
Er hört nicht auf sie, hebt Taschenlampe und Stemmeisen vom Boden auf und geht zur Tür. Monika läuft ins Schlafzimmer und holt eine Pistole. Die Pistole hat sie vor Jahren von Peter geschenkt bekommen. »Da läuft so viel Gesindel in der Stadt herum. Als allein stehende Frau brauchst du das zur Abschreckung«, hat Peter gesagt. »Es ist eine Attrappe, aber das kann nur ein Spezialist sehen.« Mit beiden Händen richtet sie die Waffe auf den Einbrecher. Dem fällt zuerst das Eisen aus der Hand, dann auch die Lampe.
»Was ... was soll das?«
»Ich möchte, dass Sie nach dem Schmuck und dem Geld suchen.«
»Sie sind wohl nicht richtig im Kopf.«
»Doch doch. Keine Sorge. Fangen Sie an mit Ihrer Arbeit. Sonst jage ich Ihnen eine Kugel in die Brust.«
Der Mann lässt den Kopf hängen, rührt sich nicht.
»Wie heißen Sie überhaupt? Sagen Sie mir nur den Vornamen.«
»Marek.«
»Na los Marek, fangen Sie an. Machen Sie Ihren Job, als wäre ich nicht da.«
Marek glotzt sie ungläubig an, dann öffnet er den Wohnzimmerschrank. Monika hat den Eindruck, dass er ohne Plan vorgeht, er wirkt zögerlich, unschlüssig. Sicher, weil ihm die Sache nicht geheuer ist, denkt sie. Ich muss ihm helfen.
»Kalt, kalt!«, sagt sie. Marek geht zum Regal neben dem Fernseher. »Noch kälter, eiskalt.« Er bleibt stehen, geht in den Flur. »Nicht mehr so kalt. Südspitze von Grönland.« Er öffnet den linken Kleiderschrank, wo Monikas Blusen hängen.

»Nordkap. Die Richtung aber stimmt.« Als er bei ihren Mänteln ist, ruft sie: »Oho, jetzt können Sie Ihren Pullover ausziehen. Es wird wärmer.«

Eine Viertelstunde später sitzen sie wieder im Wohnzimmer und trinken Bier.
»Das haben Sie gut hingekriegt, Marek«, sagt Monika. Die Pistole hat sie noch immer in der Hand, aber nicht auf ihn gerichtet, sondern auf ihrem Schoß ruhend. Das Spiel mit Marek hat sie aufgeheitert. Auch deswegen, weil er beim Suchen ihre Rubinohrringe aufgestöbert hat, die sie schon seit langer Zeit vermisst. Sie lagen unter ihren Seidentüchern. Die Ohrringe hat ihr Peter vor zwei Jahren geschenkt. Der Einbrecher wird ihr immer sympathischer.

»Ohne Ihre Hilfe hätte es länger gedauert«, sagt Marek, schaut sie nachdenklich an und schüttelt wieder den Kopf, so wie er es während der ganzen Suche getan hat. Die Beute liegt vor ihm auf dem Tisch: Eine Schachtel mit Schmuck, daneben zwei Goldmünzen und drei Fünfhundert-Mark-Scheine.

»Darf ich das da mitnehmen?«, fragt er.

Monika lacht. »Dumme Frage. Natürlich nicht. Denken Sie, ich arbeite nur, um mein Geld zu verschenken?«

»Wozu das alles?«

»Ich hatte Lust, einen Mann aufs Kreuz zu legen.«

Marek verdreht die Augen, als würde er denken: die alte Leier. Blöde Kuh. Er steht auf und will gehen. Sie begleitet ihn zur Terrassentür. Er hebt seine Utensilien vom Boden auf, steckt sie in den Rucksack und sagt: »Sie sind eine komische Frau.«

»Das nehme ich als Kompliment. So und nun raus.« Monika freut sich, dass sie ihn um seine Beute gebracht hat. Sie nähert sich Marek, will die Tür hinter ihm schließen, doch in diesem Moment wird ihr die Waffe aus der Hand geschlagen. Sekunden später steht Marek mit der Pistole vor ihr. Er grinst, als er sich die Waffe genauer anschaut.

»Und damit haben Sie mich ... wie sagt man ... in Schach gehalten?«

»Hauen Sie endlich ab.«

Er schielt nach der Beute, weiß offenbar nicht so recht, wie er sich verhalten soll. Dann gibt er sich einen Ruck, ist mit drei

Schritten beim Tisch und schnappt sich die Geldscheine. Sekunden später tritt er auf die Loggia hinaus. Die Waffe nimmt er mit. An der geöffneten Tür stehend sieht Monika zu, wie er sich übers Geländer schwingt und dann offenbar auf einer Leiter hinuntersteigt. Peter hat ihr einmal gesagt, dass es leicht sei, zu ihr in den ersten Stock hinaufzuklettern; gegenüber befinde sich kein Haus, nur ein Erdwall mit einer Hecke, und ihre Nachbarn im Erdgeschoss seien oft nicht da.

Monika tritt auf die Loggia hinaus und lauscht. Mit quietschenden Reifen fährt ein Auto davon. Eine Weile später hört sie nichts mehr außer dem leisen Verkehrslärm vom Mittleren Ring. Im Garten rauscht der Wind durch die jungen Blätter der Linden. Monika schließt die Tür und legt sich ins Bett. Nach einer Weile des Grübelns drückt sie ihr Gesicht ins Kissen und schreit aus Leibeskräften.

Traum eines Touristen

Frieder und Gerda waren aus dem Urlaub zurückgekehrt. Sie waren dabei, sich daheim wieder einzuleben. Frieder saß im Sessel und öffnete die Post, die in ihrer Abwesenheit gekommen war, Gerda telefonierte im Schlafzimmer. Es war nach neun Uhr am Abend, als es plötzlich klingelte. Verärgert über die Störung, erhob sich Frieder und ging zur Tür. Kaum hatte er sie geöffnet, sprangen ihm fast die Augen aus dem Kopf. Da stand ein Hotel! Ein Hotel Astoria mit grellweißer Fassade. Ganz klein hatte es sich gemacht. Es bat um Entschuldigung und sagte, dass es von einem überfüllten Touristenort geflohen sei und sich jetzt unbedingt ausruhen müsse, bevor es weiterfliehen könne. Sein Ziel sei Lappland, dort wolle es Ferien machen und sich von den Strapazen erholen. Ob es bei ihm nicht unterkommen könne, nur für eine Nacht. Frieder hatte sich inzwischen gefasst und sagte, er liebe Hotels, er schlafe gern in Hotels, aber dass ein Hotel bei ihm übernachte, halte er für ausgeschlossen, denn erstens passe es gar nicht in sein bescheidenes Reihenhaus, und zweitens könne er ja nicht wildfremden Hotels Einlass gewähren. Wenn es wenigstens eines wäre, in dem er schon übernachtet hätte, dann wäre er vielleicht bereit dazu. Das blendend weiße Hotel vor seiner Tür machte sich noch kleiner und wiederholte seine Bitte.

»Sie dürfen im nächsten Jahr auch gratis bei mir übernachten. Ehrenwort. Ich werde es meinem Direktor eintrichtern.«

Frieder ging ins Schlafzimmer und beriet sich mit Gerda. Sie hatte sofort Mitleid mit dem Hotel und meinte nur: »Bei so vielen Touristen würde ich auch durchdrehen. Lassen wir's doch rein. Eine Nacht. Wird schon gut gehen. Und nächstes Jahr muss es sein Versprechen einlösen.«

So wurde das Hotel, das sich so winzig wie möglich gemacht hatte, hereingelassen. Es durfte im Zimmer der Tochter schlafen, die schon seit zwei Jahren im Ausland studierte. Im Zimmer war es ein wenig eng und das Bett war zu klein für das Hotel, aber Astoria legte sich auf den Boden und schlief sofort ein.

Spät am Morgen erwachte es und hatte einen Riesenhunger. Die Hausherrin hatte vorsorglich zwanzig Pfannkuchen gebacken. Fünfzehn verdrückte Astoria innerhalb weniger Minuten, dazu sieben Semmeln mit Käse, Wurst und Marmelade. Danach wollte es in den Garten und sich sonnen.
»Wie bitte?«, fragten die Gastgeber. »Wollen Sie sich etwa eincremen und braun werden?«
»Ja«, sagte das Hotel. »Ich will alles tun, was die Gäste bei mir machen, und baden und in der Sonne liegen gehört dazu.«
Die Gastgeber gaben ihm Creme und liehen ihm eine Badehose, obwohl sie das albern fanden, denn bisher hatte sich das Hotel, obgleich es unbehost war, doch gar nicht geschämt. Das Hotel lag den ganzen Nachmittag mit Sonnenbrille und Strohhut im Garten und ließ es sich gut gehen. Es räkelte sich und bestellte Eiscafé und später einen Cocktail namens Pina Colada. Es sprang sogar in den Swimmingpool, ging aber sofort unter, da es nicht schwimmen konnte. Zum Glück waren die Gastgeber sofort zur Stelle und reichten ihm die Hände. Astoria spuckte eine Menge Wasser aus, darin auch einen Fisch, was verwunderlich war, denn einen Fisch hatte es im Pool nie gegeben.
Am Abend schaute es zusammen mit dem Hausherrn ein Tennismatch an, später ein Fußballspiel. Frieder machte es Spaß, mit jemandem reden zu können, der etwas von Fußball verstand. Mit Gerda konnte er das nicht, denn sie begriff das Spiel nicht, obgleich er ihr hundertmal erklärt hatte, wie Fußball funktionierte. Sie sah immer nur 22 Idioten auf dem Feld, die planlos einem Ball nachhechelten und ihn Gott weiß warum in ein Rechteck schießen wollten. Das Hotel hatte es sich auf dem Sofa bequem gemacht, trank Bier aus der Flasche und aß von den Chips.
Mit einem Wort, Astoria fühlte sich sauwohl. So blieb es länger als einen Tag und aß ihnen die Vorräte weg. Frieder musste täglich nach der Arbeit zum Supermarkt fahren und einkaufen, Gerda musste riesige Portionen kochen. Ab dem dritten Tag wurden sie unruhig, wenn das so weiterginge, dann wäre ihr Konto bald leer. Die Unruhe wuchs, zumal am Abend des vierten Tages im Fernsehen von einem Hotel an der spanischen Südküste berichtet wurde, das spurlos verschwunden war; die Touristen, die das Hotel

bewohnt hatten, musste man in ein Zeltlager stecken; da man das flüchtige Hotel in ganz Spanien nicht gefunden hatte, war Interpol eingeschaltet und die Suche auf ganz Europa ausgeweitet worden. »Das ist ja schrecklich. Nach dir wird gefahndet, Astoria«, sagte Frieder seinem eckigen Gast, inzwischen duzten sie sich. »Du musst verstehen, dass wir dich unter diesen Umständen nicht länger bei uns behalten können. Wir wollen keine Anzeige aufgebrummt bekommen, nur weil wir dich bei uns untergebracht haben. Die Nachbarn haben dich sicher schon gesehen. Die werden es vielleicht weitererzählen.«

Astoria kratzte sich an der Stirn und nickte. Es versprach, sich gleich am nächsten Morgen auf die Socken zu machen.

Als die Gastgeber am nächsten Morgen Astoria wecken wollten, stellten sie zu ihrem Entsetzen fest, dass im zweiten Stock an der Stelle, wo sich das Zimmer ihrer Tochter befunden hatte, die Wände fehlten. Sie schauten sozusagen von einem Teil des Flurs durch ein riesiges Loch in den Garten. Das Hotel hatte einfach ihr Zimmer mitgenommen. Auf dem Boden fanden sie einen Umschlag mit einem Schreiben und zehn großen Geldscheinen. Sie lasen: »Das Zimmer gefiel mir so gut, dass ich mich nicht davon trennen konnte. So habe ich es mir einverleibt. Tut mir Leid. Aber das Geld, das ich euch hinterlasse, sollte genügen, um neue Mauern zu errichten. Ich habe es dem Hotelsafe entnommen. Die Sachen der Tochter sind im Garten deponiert. Vielen Dank für die schöne Zeit. Ich hoffe, wir sehen uns nächstes Jahr. Ich stelle mich der Polizei und werde vermutlich bald wieder in Spanien sein. Das mit Lappland war eine Schnapsidee. Euer Astoria.«

Die Gastgeber waren nicht begeistert. Zugegeben, sie selber nahmen aus jedem Hotel, in dem sie übernachteten, ein Handtuch zur Erinnerung mit, so dass sie in ihrem Schrank schon eine Riesenkollektion von Handtüchern hatten, aber das war doch nichts verglichen mit einem ganzen Zimmer! Nun gut, das Geld war ein Trostpflaster, es würde hoffentlich reichen, den Schaden zu beheben.

Sie nahmen sich vor, nächstes Jahr zum Hotel Astoria zu fahren und die Einlösung des Versprechens zu verlangen. Vielleicht könnten sie sogar im Zimmer ihrer Tochter übernachten. Aber wenn Astoria dann wieder zu ihnen käme und Urlaub bei ihnen machte?

Hm, ein Hotel, das ein zweites Mal Reißaus nähme, schien ihnen nun doch unwahrscheinlich. Sie blieben dabei: Es musste sein Versprechen einlösen. Und wenn nicht, dann würden sie halt auf einem Campingplatz schlafen.

Vom Blitz getroffen
Carl Barks in memoriam

Es geschah vor mehreren Jahren an einem Samstag im Oktober, als das verhängnisvolle Gewitter am frühen Abend über unserem Dorf Rundstetten hereinbrach. Das Unwetter überraschte uns alle, niemand hatte es so schnell erwartet. Ich kann mich noch genau an den Moment erinnern, als ich aus dem Haus meines Freundes Hannes trat. Unter einer tiefhängenden schwarzen Wolkendecke leuchtete herbstfarben der Laubwald hinter den Feldern im Licht der untergehenden Sonne, ein Schwarm von Krähen flatterte aufgeregt davon. Sonst aber herrschte Stille – bis der Wind anhob und der erste Blitz zuckte, gefolgt von einem polternden Donner. Kräfte von biblischer Gewalt wurden entfesselt. Ein Lichtstrahl nach dem anderen fuhr auf unser Dorf herab. Dutzende von uns befanden sich im Freien, um Wäsche, Tiere und Dinge in Sicherheit zu bringen. Abgesehen von den Schäden, die das Gewitter an unserem Hab und Gut verursachte, zeitigte es Folgen, die niemand hätte voraussehen können.

Als es losbrach, befand ich mich auf einem Feldweg, kehrte vom alten Hannes zurück, mit dem ich jeden Samstag selbst gebrannten Schnaps trank. Einer der Blitze schlug in den Ahorn ein, an dem ich gerade vorbeiging. Dass auch ich getroffen worden war, merkte ich an einem Brennen in der linken Schulter. Heftige Zuckungen am ganzen Leib folgten. Zu Hause rieb mich meine Frau sofort mit einer Brandsalbe ein. Seit diesem Vorfall werde ich immer wieder von spastischen Anfällen heimgesucht, die sich in tanzartigen Bewegungen äußern. Ich meine dann stets einen Tango zu hören, und mein Körper vollführt in steifer Haltung Schritte, die dieser Musik angemessen scheinen, ohne dass ich mich dagegen wehren kann. Ich habe diesen Tanz nie gelernt, und trotzdem tanze ich ihn mindestens einmal die Woche, meist in der Abenddämmerung.

Mein Nachbar Heinz ist nicht besser dran. Er befand sich im Garten, als ein Blitz unmittelbar neben ihm in die Rosenbüsche fuhr und sie in Brand setzte. Auch er hat Anfälle von Zuckungen, doch im Unterschied zu mir können sie ihn zu jeder Zeit aus dem Gleis werfen. Neulich sah ich ihn im Supermarkt des Nachbardorfs. Er stand an der Käsetheke und vollführte, bleich im Gesicht, eigenartige rhythmische Bewegungen, seine Knie krachten zusammen und die Ellbogen beschrieben nacheinander Kreise in der Luft, alle paar Augenblicke sprang er mit beiden Füßen vor und zurück. Der Anfall dauerte etwa fünf Minuten, danach setzte er sich auf den Hocker, den ihm eine umsichtige Verkäuferin hingestellt hatte, und wischte sich mit einem Tuch die nasse Stirn.

Schlimm steht es um unseren Priester Gerimek. Er ging mit Frau Haderer durch den Friedhof, um ein anstehendes Begräbnis zu besprechen, als er von einem Blitz getroffen wurde. Dass er nur einige Verbrennungen am Rücken davontrug, muss man als Wunder bezeichnen. Seitdem aber verspürt er immer wieder den Drang, in die Hocke zu gehen und kleine Luftsprünge zu machen. Abwechselnd streckt er dabei die Beine vor, man fühlt sich an den russischen Kasatschok erinnert. Vielleicht liegt ihm dieser Tanz im Blut, unser Priester stammt ja aus dem Osten.

Bei der Frau unseres Bürgermeisters, die zur Zeit des Gewitters auf einer Liege im Garten eingeschlafen war und erst aufwachte, als ein Blitz in die Birke einschlug, unter der sie gelegen hatte, zeigten sich ebenfalls schlimme Folgen. Sie hat zwar selten Anfälle, aber wenn, dann umso heftiger. Sie wirft sich auf den Boden und macht eine Art Breakdance. Neulich hat sie sich dabei die Hand gebrochen.

Vom Blitz getroffen wurden viele. Unangenehm ist es, wenn der Landstreicher Albert mit seinen Kapriolen anfängt. Er schnappt sich die umstehenden Personen, egal wer das ist, und führt einen griechischen Bauerntanz à la Sorbas auf. Man hat ihn darauf zum Touristenführer ernannt, da die Fremden es mögen, auf dem Marktplatz von Rundstetten zu tanzen. Man belässt sie in dem Glauben, es sei ein einheimischer Tanz.

Zuletzt wäre noch die Lehrerin Cordula Henningsen zu nennen. Sie ist aus Hamburg zu uns nach Rundstetten gezogen. Gerade sie, die groß und korpulent ist, verspürt die Neigung, einen balinesischen Tempeltanz aufzuführen. Die Kinder in der Klasse stöhnen, wenn es bei ihr losgeht. Inzwischen haben die Eltern durchgesetzt, dass die Kinder in solch einem Fall nach Hause gehen dürfen, denn

Frau Henningsen tanzt in der Regel länger als zwei Stunden. Zum Glück sind diese Anfälle bei ihr nicht häufig.

Dr. Gerber, unser Dorfarzt, meint, das seien Psychosen mit epileptischem Charakter, die nach und nach verschwinden würden. Aber inzwischen sind drei Jahre vergangen, und nahezu alle Betroffenen erleiden diese Anfälle genauso heftig und oft wie in der Zeit nach dem Unwetter.

Über meine unfreiwillige Tanzstunde ärgerte ich mich lange Zeit. Inzwischen ertrage ich sie mit mehr Gelassenheit. Der Grund: Meine Frau, die ebenso ungern tanzt wie ich, hat die Tangoschritte gelernt und leistet mir Gesellschaft.

So ein Krampf

Bei der diesjährigen Veranstaltung des Leichtathlethik-Wettkampfes in Rhede, mitten im 5000-Meter-Lauf, bekam Egon Reuter einen Wadenkrampf. Egon, der im ersten Drittel der Strecke weit vorn an der Spitze gelaufen war, wurde immer langsamer und fiel zurück. Bald war er das Schlusslicht. So ein Pech aber auch. Dieser Lauf hatte sein Letzter werden sollen, sein Abschied vom Leistungssport, dafür hatte er sich alle Kräfte aufgespart. Mit einem Platz unter den ersten zehn Läufern hatte er fest gerechnet. Trotz der zunehmenden Schmerzen wollte Egon nicht aufgeben, er rannte weiter, zuerst hinkend, dann humpelnd, schließlich auf allen Vieren. Das linke Bein musste er nachziehen, es war wie gelähmt. Das Publikum jubelte und spendete ihm einen Sonderapplaus, wenn er an den Tribünen vorbeikroch. Der vorletzte Läufer rannte über die Ziellinie, als Egon noch etwa tausendfünfhundert Meter vor sich hatte; während der Siegerehrung mühte er sich noch immer auf der Piste ab. Man riet ihm per Lautsprecher aufzugeben, aber da er nicht reagierte, wurde er disqualifiziert. Sanitäter begleiteten ihn mit einer Liege, wollten ihn zur Ambulanz tragen, doch er ließ sich nicht von seinem Vorsatz abbringen, das Ziel zu erreichen. Zu seinen eisernen Prinzipien gehörte es, Dinge, die er begonnen hatte, zu gutem Ende zu führen. Egon zählte zu den älteren Läufern, die ohnehin einen schweren Stand gegen die Jugend hatten. Nein, das ließ er sich nicht nehmen, er musste das Ziel erreichen, und wenn er im Schildkrötentempo zu kriechen hätte. Seine Läuferkarriere wollte er mit Anstand und erhobenem Haupt beenden.

Das Stadion war leer. Der Sportwart Sepp Unfried und seine zwei Gehilfen, Karl und Theresa, gingen neben Egon her und redeten ihm zu, den Lauf zu beenden, der Gesundheit zuliebe. Bei diesem Schneckentempo würde es ja noch eine Ewigkeit dauern, bis er am Ziel wäre. Er solle vernünftig sein. Er werde immer langsamer, und so gesehen, komme er vielleicht nie an.

Egon hörte zu, ließ aber alle Argumente an sich abprallen. Er wusste genau, wie langsam er war, er brauchte etwa acht Sekunden für einen Meter; da er aber immer müder wurde, wären es bald fünfzehn Sekunden pro Meter. Arge Schmerzen hatte er inzwischen im linken Oberarm. Egon blieb jedoch eisern.

Sepp Unfried war ein groß gewachsener dünner Mann, früher ein bekannter Weitspringer, der auf der vorletzten Olympiade um ein Haar die Bronzemedaille gewonnen hätte. Er stampfte mit dem Fuß auf und rief: »Ich habe alle Achtung vor Ihrem Willen und Durchhaltevermögen, Herr Reuter, aber das geht zu weit. Ich muss das Stadion abschließen. Bitte stehen Sie auf und begeben Sie sich in die Kabine.«

»Machen Sie sich um mich keine Sorgen«, keuchte Egon. »Die letzte Runde werde ich schon schaffen. Notfalls übernachte ich im Stadion.«

»Das geht nicht. Ich bin nicht befugt, Sie hier allein laufen zu lassen. Wenn Sie sich womöglich noch verletzen, bin ich schuld.«

»Ich bestehe darauf, meinen Lauf zu vollenden.«

»Von Lauf kann hier wohl nicht die Rede sein. Das ist ein Kriechen.«

»Dann ist es eben ein Kriechen. Ich will ans Ziel, egal wie.«

»Man hat Sie disqualifiziert. Wollen Sie, dass ich Sie mit Gewalt von der Piste hole?«

»Versuchen Sie's nur« brachte Egon mit Mühe hervor. »Ich werde mich wehren und Anzeige erstatten.«

Sepp zuckte die Schultern und blickte seine Helfer ratlos an. »Ich rufe jetzt die Polizei«, sagte er und entfernte sich mit festem Schritt. Sein Helfer Karl folgte ihm.

Egon sagte nichts, sondern kroch weiter, seine Geschwindigkeit lag jetzt bei fast zwanzig Sekunden pro Meter. Er lag lang gestreckt auf dem Boden, schob sich mit Ellbogen und Zehenspitzen voran.

Theresa, eine junge Blondine in blauer Sporthose, zögerte, lief dann dem Platzwart nach. »Herr Unfried, warten Sie. Rufen Sie nicht die Polizei. Ich bleibe so lange, bis Herr Reuter das Ziel erreicht hat. Ich werde das Stadion abschließen.«

Der Sportwart überlegte nicht lange, er war einverstanden und zog mit Karl ab. Theresa setzte sich auf einen Klappstuhl und verfolgte voller Bewunderung Egons Ringen um jeden Meter. Es dämmerte. Zweihundert Meter hatte Egon noch vor sich, dann hundertsiebzig, hundertzwanzig. Bald erschienen am nächtlichen Himmel Sterne und Mondsichel. Theresa schien es, als würden sie alle ins Stadion schauen und sich darüber wundern, welch komischer Typ da rumkroch.

Siebzig Meter vor dem Ziel schlief Egon ein. Der sanfte Händedruck des blonden Engels brachte ihn zu sich, und er mühte sich weiter ab. Beim Spurt auf der Zielgeraden strengte er sich gewaltig an, er kam auf fünfzehn Sekunden pro Meter. Als er die Linie überquert hatte, frohlockte er mit einem heiseren Krächzen. Theresa sank neben ihm zu Boden und drückte ihren Kopf an sein verschwitztes schmutziges Gesicht. Danach gab sie ihm Wasser zu trinken.

Plötzlich blitzte es. Ein Fotograf stand neben ihnen. Wo kam der her? Er musste sich auf den Tribünen versteckt haben. Oder es hatte sich herumgesprochen, dass jemand im Stadion eine ungewöhnliche Leistung erbrachte. »Darf ich ein Interview mit Ihnen machen, Herr Reuter?« Egon schüttelte den Kopf. Theresa half ihm hoch. Von ihr gestützt, humpelte Egon zur Kabine.

Am nächsten Tag wurde in den Zeitungen von seiner Heldentat berichtet. Egons Bild war auf der ersten Seite abgedruckt. Es gab einen Tumult in der Sportszene. Viele forderten, dass Egon einen Sonderpreis bekommen müsse. Herbert Schröpf, der Gewinner des 5000-Meter-Laufs, schickte ihm sogar seine Urkunde mit den Worten: Deine Leistung war größer als meine. Der Sportphilosoph Winfried Schmerzlipp schrieb in einem Artikel: »Warum bekommt immer der Schnellste den Preis? Warum gilt Schnelligkeit mehr als Langsamkeit? Die Jagd nach Hundertstel- und Tausendstelsekunden wird immer absurder.« Schmerzlipp meinte sogar, es müsse eine Disziplin der Langsamkeit geben. Kurz, es entstand eine Riesendiskussion um diese Fragen.

Egon, inzwischen gefeierter Held, flüchtete mit Theresa nach Mallorca, um dem Rummel, der um seine Person gemacht wurde, zu entgehen. Beide saßen auf der Terrasse eines Hotels mit Blick aufs Meer, über dem sich ein strahlend blauer Himmel wölbte.

Theresa las Zeitung. »Egon, du kannst dir nicht vorstellen, was da los ist in Deutschland. Jetzt haben sie Sportvereine gegründet, in denen das Prinzip Langsamkeit Vorrang hat.«

»Steht da auch etwas Konkretes? Wie sieht das aus, wenn der Langsamste gewinnt?«

»Hier, zum Beispiel Wettschwimmen. Die Schwimmer springen in ein Wasserbecken und versuchen, das andere Ende zu erreichen. Im Wasser entwickelt sich eine starke Gegenströmung, gegen die sie keine Chance haben. Sie werden alle an den Beckenrand zurückgetragen. Nur wer es schafft, sich mit allen Kräften gegen die Strömung zu stemmen, der verzögert sein Ankommen am Beckenrand. Derjenige, der sich am längsten im Wasser hält, ist Sieger.«

Theresa blickte auf. »In jedem Bereich gibt es neue Disziplinen. Sie nennen diese Entwicklung Reutersche Revolution.«

Egon stellte missmutig seine Kaffeetasse ab. »So ein Krampf! All das habe ich nicht gewollt. Mein Gott, ich wollte doch nur ehrenhaft abtreten. Wenn ich zehn Jahre jünger wäre, würde ich wieder versuchen, der Schnellste zu sein.« Er schaute aufs Meer hinaus. Nach einer Weile sagte er: »Langsamer wird man von selbst.«

Begleitung

Sie war eine ungewöhnlich schöne Frau, meine Klavierbegleiterin. Ich durfte ihr beim Singen nicht ins Gesicht sehen, denn ihr engelhaftes Antlitz verwirrte mich so sehr, dass ich den Text vergaß. In der ersten Zeit unserer Bekanntschaft geschah das nicht selten. Sie pflegte in solchen Fällen fragend aufzublicken, wobei sie den Kopf allerliebst zur Seite neigte. Dann war es um mich geschehen, ich brachte, vollends von ihrer Schönheit betört, keinen Ton mehr heraus. Um mir diese peinliche Situation zu ersparen, vermied ich es, sie anzuschauen. Je länger ich jedoch ihrem Anblick auswich, desto größer wurde mein Wunsch, ihr hübsches Gesicht zu sehen. Es war, als wenn man sich verbietet, zu schlucken oder die Augenlider zu bewegen.

Fast bereute ich es, dass ich sie unter vielen Bewerbern ausgewählt hatte, mich am Klavier zu begleiten.

Nach einem halben Jahr hielt ich es nicht mehr aus. Beim Üben fragte ich sie eines Tages unvermittelt: »Sie begleiten mich so wunderbar am Klavier … Darf ich Sie auch einmal begleiten … äh … ich meine, nach Hause begleiten?« Sie machte große Augen, neigte den Kopf allerliebst zur Seite, und aus war es mit mir. Mein Herz schmolz, ich sank vor ihr auf die Knie: »Bitte schlagen Sie mir diesen Wunsch nicht ab.«

Sie tat es nicht. Dreimal ließ sie mich gewähren, dreimal durfte ich sie nach Hause begleiten. Aber mehr erreichte ich nicht. Diese wunderbare Frau war unnahbar, nicht einmal einen Kuss ließ sie zu.

Unsere Konzerte waren erfolgreich, beide wurden wir gefeiert. Umso mehr betrübte es mich, keinen Erfolg bei ihr zu haben. Es quälte mich sogar. Einmal träumte ich, wie ich sie in einem leeren Konzertsaal auf der Bühne zu küssen versuchte. Indes stellte sich der Flügel zwischen uns; Schubert streckte seinen Kopf daraus hervor und rief aufgebracht: »Wo bleiben meine Lieder? Ich habe doch drei Stück bei Ihnen bestellt!« So blieb uns nichts anderes übrig, als die drei bestellten Schubert-Lieder vorzutragen. Ich war den Tränen nahe, als ich erwachte.

Zwei Jahre lang begleitete sie mich am Klavier, dann heiratete sie einen kleinen dicken Glatzkopf, den Direktor der Münchner Musikhochschule, an der sie heute das Fach Klavier unterrichtet.

Das war bitter. Ich musste mich nach einer neuen Klavierbegleiterin umsehen. Nach langem Suchen fand ich eine exzellente Pianistin, deren Spiel mich in eine Art Trance versetzte. Ich zögerte jedoch, sie zu nehmen, denn sie war abgrundtief hässlich. Für mich Ästheten bedeutete ihr Anblick nur Qual. Indes nahm ich sie doch, denn ihr Können am Klavier war außergewöhnlich; sie spielte so gut wie sie hässlich war. Beim Singen durfte ich sie nicht ansehen, ihr schauriges Gesicht machte mich schwindlig, und ich bekam Herzweh. Allmählich jedoch gewöhnte ich mich an diese Vogelscheuche und gewann sie sogar lieb.

Eines Tages gestand sie mir ihre Liebe: »Dass ich Sie begleiten darf, ist wunderbar, ... aber es ist mir zu wenig ...«, fügte sie errötend hinzu, verstummte und schlug die Augen nieder. In diesem Moment fand ich sie sogar etwas hübsch. Ich wurde ebenfalls verlegen und fragte sie stotternd, ob sie nicht Lust habe, mich nach Hause zu begleiten. Sie strahlte mich an und sagte mit hässlichem Lächeln ja.

Nach drei Monaten heiratete sie mich, und seitdem lässt sie mich kaum von ihrer Seite weichen. Sie begleitet mich nicht nur am Klavier, sondern bei jedem Schritt, den ich tue. Kann man sich eine bessere Begleitung wünschen?